プロテクション オフィサー

ＰＯ 守護神の槍

警視庁身辺警戒員・片桐美波

深町秋生

祥伝社文庫

PO(プロテクションオフィサー) 守護神の槍 警視庁身辺警戒員・片桐美波

プロローグ

平井篤(ひらいあつし)が屋上に出ると、愛犬のミキオがすでに小屋から飛び出していた。

秋田犬のミキオは、口がへの字に曲がっており、いささかブサイクではあるが、その個性的な顔立ちが気に入っている。

つながれた愛犬の鎖は、今にも千切(ちぎ)れんばかりにピンと張っていた。ミキオは手招きするように前足を必死に動かし、早く散歩に連れていけとアピールする。

「わかった、わかった」

平井は入念にストレッチをした。

秋田犬は猟犬や闘犬として活躍していただけに、成犬のミキオもバイタリティに満ちあふれていた。最低でも毎日一時間ほど散歩させなければ、体力を持て余して、ストレスを溜(た)めこんでしまう。

四十を過ぎてから、精力の衰えを感じる平井にとっては、愛犬の持つエネルギーが羨(うらや)ましかった。毎日の運動を欠かさず、タバコも努力の末に止めた。

食事にも気を使っているが、若いときに大酒を飲み続けたせいか、内臓の具合はよくなかった。一度、上野のクラブで親分を怒らせてしまい、罰としてオールドパーの一気飲みを命じられた。ラッパ飲みをしてひと瓶空けたが、急性アルコール中毒となって病院に担ぎこまれたこともある。

一昨日は十四歳下の愛人と夜を過ごしたが、セックスの最中に中折れして、ひどく恥ずかしい思いをしている。上野のキャバクラに通いつめ、数百万も使って口説き落とした別嬪で、身も心も性欲でいっぱいだったが、股間だけ力が入ってくれない。本格的に中年へと突入したのだと実感した。

――パパ、そういう日もあるよ。ストレス、めっちゃ溜まってるんでしょ?

愛人の慰めの言葉が堪えた。

ミキオを連れて慎重に外階段を降りた。吠え癖も嚙み癖もなく、躾はうまくやれているが、それでも最大の楽しみである散歩となれば、主人を無視して前へ前へ進もうとする。ミキオの力を侮って、階段落ちした若い衆は少なくない。平井自身も滑り落ちて、ステップに尻を打ちつけたこともある。

「おはようございます」

部屋住みの悠と晴翔が挨拶をした。眠たげで覇気が感じられない。

どちらも今どきの若いやつらしく、どの雑用も器用にこなす技量を持っているが、いまいち緊張感が足らない。晴翔は無地のスウェットを着用しているが、それは寝間着に使っているものだ。悠の目頭には目やにがべっとりと付着していた。ふたりとも、ヒモ稼業で遊んで暮らせそうな男前だが、中学生のような子供っぽさがある。

平井はふたりの頭に拳骨を食らわした。

「お前ら顔も満足に洗ってねえだろう。一応、戦争中だぞ」

「す、すみません」

ふたりは揃って頭を下げた。平井は親分らしく鷹揚にうなずいてみせた。理由なく殴ったりはしない。

自分が渡世に足を踏み入れたときは、上の者から理由もなしにサンドバッグにされたものだ。しかも、ゴルフクラブや南部鉄器の灰皿で。街のチーマーや暴走族にゴロ巻いてこいと、暇つぶしに闘犬のごとく喧嘩をさせられたこともある。

今の時代、どこの団体も高齢化が著しく、好き好んで業界に飛びこんでくる若者もいない。昔のような理不尽を押しつければ、すぐに去られるのがオチだ。なにしろ、四十男の平井が組織内では若手と称されるぐらいだ。

「ほれ、行くぞ」

ふたりを連れて、愛犬の散歩兼ジョギングを始めた。

ミキオは主人の存在を思い出し、ちゃんと平井の横に戻って走った。散歩中の近所の老人に会釈（えしゃく）をする。

秋が深まって朝もだいぶ冷えるようになった。ひとっ走りするにはちょうどいい気温だ。日の出の時間は遅くなる一方で、空はまだ夜明け寸前の藍（あい）色だ。遠くで新聞配達のバイクの音がする。

車の往来はほとんどなく、歩道のない住宅街の公道を独占できた。愛犬と若い衆を連れ、ジョギングで汗を流すこの時間こそ、平井にとって一番愛おしいときでもあった。身も心も解放されたような気になる。

今日はとりわけうっとうしい日になりそうだった。兄弟分と叔父貴（おじき）分への義理が二件——事務所開きだの法要だのと名目をつけ、身内の者にたかろうとする。そのうえ、夕方からは葛飾（かつしか）の本部で臨時の幹部会だ。目的は行かずともわかりきっている。戦費目的でカネを徴収するためだ。誰も彼もがカネ、カネ、カネだ。

「ああ、クソったれどもが」

思わずグチを漏（も）らすと、ふたりの若者が再び詫（わ）びた。

「すみません」

「お前らじゃねえよ」

いつもの電柱で足を停めた。

ミキオが電柱に放尿するのを見ながら、深呼吸をして心を落ち着かせた。

大阪や神戸でぶつかり合っている連中に比べれば、自分はまだまだ恵まれている。ムカついているときは、自分よりもひどい境遇に置かれている連中を思い浮かべて、冷静さを取り戻すようにしている。

関西の連中はカネどころか、事務所に銃弾を撃ちこまれ、警察に張りつかれてシノギもできない。こうしてジョギングができるだけでも、幸せと思わなければならない。

若者たちを叱りつけたものの、平井自身も平和ボケしている感は否めなかった。毎朝決まった時間に起床しては、いつも同じルートをジョギングしているからだ。決まった道でなければミキオが不安がってしまうし、早朝以外の時間は車の往来が激しい。なにより人目につく。

若いころの不条理な暴力と喧嘩の連続で、右耳は半分欠けており、頬と顎にはバーナーで炙られた火傷の痕がある。押し出しの利くツラであり、極道社会ではなにかと有利に働く顔ではあったが、一般の往来を走るには目立ちすぎた。

平井は、関西の暴力団である華岡組系の組長で、泣く子も黙る六角の代紋の親分ということになる。四次団体のちっぽけな組の頭でしかないが。

自分は今も東京の極道という意識が抜けない。上部団体の業平一家は、東京東部に戦前から一家を構え、長いこと一本独鈷として張っていたが、高度成長期に都内の大組織である東堂会の傘下に入った。

東堂会は、大正時代から浅草や銀座といった都内の中心部を牛耳る老舗だが、十年前に大きな内輪揉めが発生。求心力を急激に失いつつあった当時の会長が、権力を失うまいとして、関西の華岡組と盃を交わしたのだった。

当然ながら、傘下の業平一家も六角の代紋を掲げることになり、平井の事務所内にも六角の代紋や、華岡組の五代目組長の肖像を掲げている。しかし、自分の親分は生粋の江戸っ子である業平一家の総長であって、平井も浅草で生まれ育った東京の男だ。末端組織の構成員にとって、華岡組の本家はあまりに遠すぎる存在だった。同じ暖簾を掲げている関西や中京の極道とも大したつき合いはない。

ミキオが小便だけでなく排便もした。悠がスコップで糞をすくい取った。

「もうすっかり、いい感じっすね」

平井はうなずいた。

今年の残暑はとりわけきつかった。九月に入ってからも三十度を超す真夏日が続いた。秋田犬は二層の被毛で覆われており、寒さにはめっぽう強いが、暑さには弱い。夏バテで体調を崩す日が続いていた。この夏はどれだけ動物病院に通ったかわからない。

平井には子供がいなかった。女房も望んではいないため、パイプカットの手術を受けた。子供がいない分、愛情はミキオや子分たちに注いでいる。

いつものように隅田川近くの自宅から、住宅街の狭い公道を西の上野方面へと進んだ。

国際通りを横断して、寺院が並ぶ道を走る。住宅や寺に混じって、工務店や零細工場などが軒を連ねる稲荷町に入る。

やがて、平井の自宅と似た鉄筋三階建てのビルにたどりついた。すべての窓は鉄柵で覆われ、玄関のドアは金属製だ。壁には複数の監視カメラが睨みを利かせている。表札や看板はなにも掲げていない。パッと見ただけでは、そこらの一軒家と変わらない。

そこが平井の城であり、平井組の事務所だった。宿直の若者が詰めているため、ビルのなかから灯りが漏れている。

晴翔が指さした。

「寄りますか?」

息を弾ませながら答えた。

「……いや、いいだろ。腹減ったしな」

事務所から約五十メートル離れた位置に、紺色のワゴンが停まっていた。ワゴンの窓はスモークで覆われ、なかの様子はわからなかった。地元上野署の車両で、平井組の動向を監視しているようだ。

ふだんなら事務所に寄って、宿直の様子を確かめることにしている。この夜明けが近い時間帯になると、居眠りをする組員が出るからだ。

とくに今夜の当番は、まだ三か月しか経っていない十九歳の若僧だ。高校に通うのが面倒になって中退し、その後に鳶職人になったが、それも長続きはしていない。使い物になるかどうかを見極めているところで、もし眠りこけていれば、それなりの〝教育〟をしなければならない。

ヤクザ社会は落伍者の受け皿ではある。行き場のない半端者や犯罪者を受け入れてはいるが、そうはいっても生半可な根性では極道にはなれない。礼儀作法や規律を身体で覚えさせるのだが、その過程でケツを割って逃げ出す者も少なくない。若僧は後者のほうのような気がした。

警察はそうした脱走者を見逃さない。警察署に引っ張っては、親分や兄貴分から暴行を受けたと、無理やりにでも被害届を出させるように持っていく。

えげつないマル暴刑事ともなれば、そこらの不良少年を捕まえ、スパイのごとく組織に潜らせる。適当なところで逃亡させては、暴行傷害で組長と組員を根こそぎ逮捕するなど、やらせじみた手法で点数稼ぎに精を出すクソ野郎もいるくらいだ。

華岡組は警察最大の敵だ。東堂会が関西の仲間入りしてからというもの、警視庁は目の色を変えて、今まで以上にきつく当たってくるようになった。でっちあげや言いがかり、長期勾留といった拷問、家族への脅し。耐えきれなくなって引退や解散を表明した仲間たちを、ここ数年だけで数えきれないほど見てきた。

代紋の威光をバックに、イケイケでやれた昭和の時代ならともかく、法と条例で暴力をとことん封じられた現在では、六角の代紋はむしろ警察の圧力が強まるだけで、平井にとっては邪魔臭いだけだった。

　おまけに分裂までやらかし、組織がふたつに割れて、一大抗争をひき起こしてしまうのだから、華岡組は自分たちにとって厄(やく)ネタではないかとさえ思う。

　事務所を素通りして、ワゴンに意地悪く笑いかけてみせると、そのまま何食わぬ顔を装ってジョギングを続けた。ミキオとのひとときは、無心になれる憩(いこ)いの時間のはずだったが、どうも今朝は気持ちが晴れない。

　晴翔に訊(き)いた。

「木更津(きさらづ)の兄弟からもらったステーキ肉があっただろう。なんとかってブランドの」

「えーと、かずさ和牛っすかね」

「家に戻ったら、全部焼いて食っちまおう」

「朝からステーキっすか？」

「いつもの一汁一菜がそんなに好きか」

「いえいえいえ。おれらは大歓迎っすけど」

　晴翔は首を横に振った。悠が眉をひそめる。

「なんか、あったんすか？」

「朝から警官(ヒネ)の車なんか見りゃ、肉でも食わなきゃやってらんねえと思っただけだ」

「やったあ」

悠と晴翔は手を合わせて喜び合った。無邪気な顔を見せる。

ふたりはどちらも同じ時期に組にゲソをつけた。まだ二十代前半ではあったが、複数の暴行傷害に決闘罪、恐喝(きょうかつ)に公務執行妨害で年少行きになるなど、葛飾区や松戸(まつど)市の不良少年の間では知らぬ者のいない暴れん坊だった。

しかし、平井からすればミキオと同じくらい、ふたりはまっすぐでわかりやすい青年たちだった。

ソープに連れていってやるといえば、やはり発情した犬みたいに舞い上がり、うまいものを食わせてやるといえば、朝だろうと深夜だろうと、嬉(うれ)しそうにガツガツとたいらげる。同年代の堅気のガキのほうが、よっぽどひねくれている。

まだ盃はやってはいないが、この平井組の有望株であり、それゆえに部屋住みまでさせているのだ。現代ではなにかとプライバシーが重視されているが、それは極道社会も同じであって、今どき関東で部屋住みの修業なんかをさせている組織などほとんどない。だがこのふたりには、わざわざ部屋を与え、女房といっしょになって礼儀作法や家事のやり方を一から教えた。ふたりとも割り算ができなかったため、数字に強いデリヘルの店長を家庭教師にして、勘定やパソコンの使い方を厳しく叩(たた)きこんでいる。いずれは法律も徹底的に学ばせるつもりだ。

晴翔が子供のような笑顔を浮かべて訊いてきた。

「……となると、ステーキソースはどうしますか？　おれ、この日のために勉強してたんです。玉ねぎとにんにく使った赤ワインのソース、これ超やばいっすよ」

悠が彼の頭を小突いた。

「バカ、組長は今日義理掛けに幹部会もあるんだぞ。にんにくの臭いプンプンさせるわけにいかねえだろ。上等な肉なんだから、シンプルにわさび醤油でいいんじゃないですかね」

「にんにく使わないレシピだってあるし、いい肉なんだからこそ、ひと手間加えたソース作んなきゃ、もったいないだろう」

晴翔が裏拳でお返しの一発を悠に見舞った。

ジョギングをしながら、犬みたいにじゃれ合い、ステーキソースについて熱く語り合っている。

どちらもクズみたいな親から生まれ、クズが山ほどいる地域で育った親友同士だ。愚連隊として暴れていたときは、お互いの背中を預けて戦うなど、じつの兄弟のように仲がいい。

「揉めるな。近所迷惑だろう」

たしなめながらも、ふたりの友情がまぶしく映った。

平井にも、かつて命を預けた仲間や身内がいた。暴走族を作って暴れていた少年時代、レンタルビデオで見た東映の任侠映画にしびれ、自分の腕をカミソリで切り、それぞれの血をすすって兄弟分になった。

平井のように極道入りした者もいれば、家業を継いで実業家になった者もいる。しかし、その絆は一生続くものだと疑いもなく信じていた。

それから時は流れ、あのころの友情は消えてなくなった。一番の親友とは、同じ業平一家にゲソをつけて五分の兄弟となった。だが、そいつは金儲けがあまり上手くなく、鬱屈をまぎらわすためにシャブに手を出し、妄想をどんどん膨らませていった。ビジネスの才能が多少あった平井を妬み、当時の重要なシノギだったゲーム喫茶をすべて警察に密告した。

愛想を尽かした平井は、親分や幹部らに働きかけ、親友を破門にさせた。極道社会から追い出されたそいつは、ヒモとなって酒場や遊技場で平井を殺すと息巻いていた。

カネに飢えた中国人留学生を雇って、路上で親友の脊椎が壊れるほどのリンチを加え、下半身不随に追いこんだ。今は生活保護で細々と生きている。

家業の工務店を継いだ別の友人は、経営不振で高利貸しから借金をした。もはや会社は末期がんの様相を呈していたため、会社を乗っ取って、計画倒産の絵図を描いた。

本来なら身ぐるみ剝がして、女房子供をソープに沈め、男は原発ででも働かせて、骨までしゃぶるのがヤクザの仕事だ。だが、暴走族時代の義兄弟だったために、会社の資産を売却し、債権者を追い払い、友人一家には再起できるだけのカネを握らせた。夜逃げの算段も組んでやったのだが、感謝されるどころか、ハイエナと罵られて唾を吐かれた。

他にも汚い仕事をいくつもやった。真相を墓まで持っていかなきゃいけないような危険なやつを。だからこそ、上部団体の親分たちとパイプを築き、今日までなんとか食えてきたのだが、腹を割って話せるような仲間はいなくなった。あと二十年も経てば、晴翔と悠も今のようなピュアなつき合いはできなくなるだろう。

鉄の軍団と呼ばれた華岡組にしてもそうだ。日本最大の暴力団も、今では五代目華岡組と、その五代目に盃を返した六甲華岡組のふたつに割れた。結束もなにもあったものではない。

もともと華岡組の歴史は戦国時代のごとく華やかだ。戦後にみるみる勢力を拡大させる一方で、激しい内部抗争と裏切り、クーデターの連続だった。

琢磨栄が五代目に就いてからも、巨大組織はついにまとまらなかった。琢磨は、己の出身母体である名古屋の琢真会の人間を重用した。組織を動かすナンバー2の若頭は、琢真会の総裁職にあり、華岡組の六代目は同会の会長が襲名することになるだろうと言われていた。

華岡組の本部は神戸にあるものの、琢磨はそれを名古屋に移転させようと画策し、関西勢の猛反対に遭って頓挫したという経緯もあった。

名門と謳われた神戸の二次団体である西勘組は、琢磨の露骨な側近政治や、名古屋の人間を永遠に親分として担がなければならない未来に見切りをつけ、大阪や神戸の組織をまとめると、昨年の夏に六甲華岡組なる、もうひとつの華岡を掲げて分裂したのだった。

琢磨は六甲側に参加した最高幹部を絶縁。一方の六甲側も、琢磨による上納金の過度な吸い上げや、組織のために身体を張った舎弟分や子分を容赦なく切り捨ててきた冷酷さを非難し、宣戦布告同然の文書を全国の団体やマスコミに撒いた。

とはいえ、もっぱら抗争地帯となっているのは、中京地方や関西地方だった。滋賀県や兵庫県では下部組織の親分が刺殺され、事務所や関連施設に車両が突っこむといった事件が次々に起きている。拳銃による事務所のガラス割りや、組員同士による派手な撃ち合いも発生し、事態を重く見た各県警は華岡組撲滅を掲げ、親分衆を次々に逮捕している。

首都圏においても、新宿歌舞伎町で組員たちが乱闘事件を起こし、神奈川や埼玉では、五代目側と六甲側の双方の組長宅が拳銃で撃たれるといった事件も起きている。

華岡組の東京ブロック長である東堂会会長は、五代目華岡組に残ったため、枝の業平一家や平井組は五代目側の構成員という形となる。同じ浅草には、六甲側の主力である西勘組系の事務所があり、当然ながら今は交流を断っている。組員らには、六甲側の構成員とは一切のつき合いを禁じるとのお触れも出ている。

しかし、いくつかの小競り合いはあっても、抗争が白熱している西日本と違って、都内は平穏といってよかった。

抗争で厄介なのは敵よりも身内だ。戦争を名目にカネをむしろうとする者や、親分衆にあることないこと吹きこんで兄弟分を蹴落とそうとする者。足を引っ張ろうとする野郎が必ず出てくる。

ミキオが東上野の電柱に小便を引っかけた。そこがジョギングの折り返し地点だ。

「そうだそうだ。縄張りはしっかり守んなきゃな」

ミキオの頭をなでると、平井らは元来た住宅街の道を走った。

ステーキ話の威力が効いたのか、朝が弱い晴翔らの足取りはふだんよりも軽く、背筋もシャキッと伸びている。

A5等級の高級和牛とはいえ、予想以上の効果だった。平井は走りながら思った。全国のうまい物を、しかも若者好みのこってりとした名産品を、定期的に取り寄せておいたほうがよさそうだ。健康ばかり考えていると、どうしてもメシが年寄りじみてくる。

東堂会のある大親分は、老化をふせぐため、食いつめた産婦人科医と話をつけて、堕ろされた胎児と胎盤を薬として食べているという噂もあった。

七十になっても肌には張りとツヤがあり、十以上は若く見えるうえに、ゴルフも仕事もバリバリこなし、今もベッドでは若い愛人相手にひと晩に二発も放っているという。いくらなんでも都市伝説だろうと思いたいが、常人では計り知れぬことがあるのがこの世界だ。

平井もそんな健康オタクの道に足を踏み入れた。年齢とともにめっぽう朝が強くなり、逆に夜はどんどん弱くなっている。

ただし、若さを保つ秘訣(ひけつ)があるとすれば、やはり若い者と一緒に時間を過ごすことではないかと思う。親子くらいの世代差もあって、ときに宇宙人と話をしているような気分にもなり、手を焼かせることもしばしばあるものの、愛犬ミキオと同じく、今の平井にとってはありがたい子分たちだった。

自宅近くまで戻ってきた。ジャンパー姿の新聞配達員がスーパーカブを走らせていた。カゴに大量の新聞を入れ、家々を駆けめぐっている。

平井は足を停めて、スポーツウォッチに目を落とした。時間は六時を過ぎたところだ。

悠が怪訝(けげん)な顔をする。

「どうかしましたか?」

「変だな」

太陽はすでに顔を出していた。

平井宅の周辺はどんな季節であれ、暗いうちに新聞が配られている。つきあいで新興宗教団体の機関紙を始めとして、三紙を取っているが、いつもはミキオとのジョギング前に、家のポストにはすべて入っている。

「おい、そこのおっさん！」

平井は声にドスを利かせ、新聞配達員を呼び止めた。

新聞配達員はジェットヘルメットをかぶり、顔の下半分をマスクで覆っていた。声をかけたときには、ジャンパーの懐から自動拳銃を抜き出していた。

「なんだと……」

平井は絶句した。ここは東京だぞ。

「組長！」

悠が両手を広げて、平井の前に立ちはだかった。

同時に乾いた発砲音がし、悠の首が弾けて血が飛び散った。生温かい血が平井の顔にかかる。

悠が崩れ落ちると、拳銃を構える新聞配達員と銃口が目に飛びこんできた。やけに目つきが鋭く、構えがしっかりしている。そこいらのチンピラではない。

「しょせん、西の喧嘩じゃねえか！」

平井は吠えた。同時に銃口から炎が迸るのが見え、熱い塊に胸を貫かれた。血液が鼻と口からあふれ出す。

悠と自分の血液にずぶ濡れになりながら、新聞配達員に化けた鉄砲玉にパンチを喰らわせようとした。渾身のストレートを見舞ったつもりだが、パンチは驚くほどのろく、膝から力がぬけていく。

さらに銃声がし、右わき腹に鈍い衝撃が走るが、全身が痺れて痛みは大して感じない。しかし、肝臓のある急所だ。太陽が昇っているのに、視界が再び夜に戻ったように暗くなる。

前へ進んでるはずだが、目の前には地面が迫っていた。額をアスファルトに打ちつけた。ベシャッと水溜まりに嵌まったような音がする。己が流した血の池に身を浸したのだと悟る。

「てめえ！　てめえ！　てめえ！」

晴翔が、でたらめにわめき散らしながら、鉄砲玉に飛び膝蹴りを放った。しかし、鉄砲玉に体当たりを喰らわされ、反対に弾き飛ばされた。晴翔が地面を転がる。

よせ、逃げろ。銃弾はマジで痛えぞ。晴翔に声をかけようとしたが、口すらまともに動かない。

スーパーカブのエンジン音が耳に届いた。タイヤが平井の横を通り過ぎる。鉄砲玉が逃げ去るようだ。晴翔のスニーカーが視界に入る。言葉にならない叫び声を上げ、スーパーカブを追いかけていく。

自分の頭が漬物石のように重たい。首をどうにか動かし、地面に頬を擦らせながら、倒れた悠を見やる。

悠は首の頸動脈を貫かれたらしく、平井と同じく血溜まりに浸かっていた。身体をぴくぴくと痙攣させている。どこのどいつだ……これからうまいステーキを食う予定だったのに。

不安げに主人を見下ろすミキオの顔がかすかに映った。それも一瞬で、深い闇に包まれた。

1

片桐美波（かたぎりみなみ）はまた声をかけられた。

彼女がいるのは、とあるオフィスの商談ブースだ。パーティションで仕切られた一角で、四人掛けの椅子とテーブルが置いてある。

「あれ？　もしかして、初めて見る顔だね」

「そうですね」

声をかけてきたのは、二十代後半と思（おぼ）しき長身の男だった。

白いシャツにカーディガンという清潔感のあるシンプルなファッションに身を包んでいるが、きっちりと整えられた頭髪や着こなしの隙（すき）のなさを見るかぎり、おそらくスカウトマンだろう。原宿（はらじゅく）といった土地柄、新宿でたむろしているホスト臭のするスカウトマンとは雰囲気が異なる。

若い男は微笑みながらも、値踏みするような視線を投げかけてきた。目が笑っていない。

「これから面接？」

「いえ、そうじゃないんです」

「あ、わかったぞ」

若い男はすばやくあたりを見渡すと、対面の席に腰かけた。

「ここに決めるかどうか悩んでるんじゃない？　わかるよ、なんたってアレだもんね」

若い男はオフィスの壁を指さした。

壁には女性のヌードポスターが貼ってある。それもただのヌードではない。数人の男による大量の精液を浴び、あるいは赤い紐で亀甲縛りにされ、白目を剝いて失神している娘もいる。おどろおどろしい文字で、〝ぶっかけ中出し百人斬り〟〝浣腸ハルマゲドン〟〝痴漢大戦日本シリーズ〟などと書かれてある。

警視庁の組織犯罪対策部に籍を置いていれば、管理売春や裏モノのＤＶＤの違法販売など、性に絡んだ犯罪には嫌でも出くわす。刑事としてそれなりに場数を踏み、性の裏側まで目撃してきたつもりだが、初めてこのポスターを目撃したときは肌が粟立ったものだ。一週間も詰めていれば、それでも慣れてくるが、仕事でなければ一秒でもいたくはない。

ここは『グリッター・エージェンシー』なるＡＶプロダクションだ。多くの女性をあの手この手で登録させ、ビデオ制作会社に女優として派遣している。

オフィスは雑居ビルの一室を間借りしたもので、社員も社長を含めて八名と小規模ではあったが、今日もあちこちで撮影があるらしく、事務所のなかはガランとしていた。ひとり残った年配の女性事務員が、パソコンでメールを処理しながら、電話の対応にも追われている。

若い男が訊いてきた。

「名前なに？　芸名でいいよ。ちなみにぼくはユーリ。よろしく」

「美波です」

「美波ちゃんか、いい名前だね」

ユーリは芝居がかった様子で大きくうなずくと、急に顔をグッと近づけた。

「あの下品なポスターのとおり、ここは企画単体専門のプロダクションだよ。オファーはいっぱい来るかもしれないけど、総ギャラは一本につき五万ぽっちさ。美波ちゃんだったら、単体でも充分いけると思う。そっちだったら月百万くらい楽々稼げるよ」

「えっ本当ですか？」

美波は素知らぬフリをして目を見開いてみせた。

じっさい、驚いていた。このユーリなるスカウトマンは、他人の縄張りのど真ん中で、メシの種である女を引き抜こうとしているのだから。抜け目がないというか、図々しいというか。

ここに来てから美波の正体を知らないＡＶ監督やスタッフ、ユーリと同じスカウトマンなど、さまざまな男たちにＡＶ女優志願者と勘違いされている。しかし、まさかぬけぬけと引き抜きをする男まで現れるとは思っていなかった。

美波は不安そうにうつむいた。

「社長からは……最低でも五十万円は稼げるって言われてたけど、五万円だなんて」

「月に十本出ればって意味さ。契約書をじっくり読んだほうがいいよ。浣腸されたり、精液まみれにされたり、縄できつく縛られたり。あそこにうなぎを入れられた娘だっているよ。この世界には、頭のおかしな変態監督や男優が山ほどいるから」

「でも私は……そういうのは全部NGでってお願いしてるんですけど」

「NGなんて形だけさ。現場に行ったら、スタッフから聞いてないってシラを切られるだけだね。マネージャーもグルだ。女の子がやらざるを得ないように仕向けられて……」

ユーリは『浣腸ハルマゲドン』のポスターを指した。

女を獲得するのに必死なのだろう。ユーリはやたらと能弁だった。美波を変心させられると踏んだらしい。唇を震わせてみせると、彼はさらに続けた。

「契約してないのなら幸運だったね。ここはぶっちゃけコレだからさ」

ユーリは頰を指でなぞった。ヤクザという意味だ。美波は口を覆う。

「嘘？」

「本当さ。聞かされていないからって、出演をキャンセルしたら、莫大な違約金を請求される。契約書にもそう書いてるはずだよ。払えないとバックレたり、文句をつけたりすれば、怖いそっち系の人らが現れて、今度は借用証書にハンコをつかせる。そうなったら、浣腸ぐらいじゃ済まない」

彼女は首を横に振った。信じられないといった具合に。

ユーリは訳知り顔で言う。過去に役者でも志していたのか、あるいはマルチ商法にでも手を染めた経験があるのか、立て板に水といった名調子だった。

「しかも、今激しくやりあってる華岡組ってところだよ。ニュースでよく目にしてるだろ。ドンパチにはカネがかかるからって、あちこちから搾り取ることしか考えてないのさ」

感心したようにうなずいてみせた。

むろん、知っていた。だからこそ、組織犯罪対策第三課の身辺警戒員の班長である美波が貼りついている。この事務所の社長である亀山裕太郎が、その対象者だった。

身辺警戒員は、プロテクション・オフィサーの頭文字を取って、POと呼ばれている。警備部警護課のSPが、政府要人といったVIPの警護を行うのに対し、POは、暴力団からの嫌がらせや恐喝、命の危険に晒されている可能性のある一般市民や企業幹部の身を守るのが任務だ。

市民と暴力団の関係を断つため、二〇一一年に暴力団排除条例が施行された。公共工事の入札やみかじめ料の支払いはもちろん、飲食店やホテルなどが、暴力団と知って場所や飲食を提供すれば、条例違反となる時代だ。

一般市民であっても、暴力団と知りながら交際を続ければ、個人や企業にかかわらず、密接交際者として公表されるというペナルティが課せられる。

とはいえ、市民にとっては暴力団と距離を置くだけでも、並大抵ではない。関係を断とうとし、組織から命を狙われるケースが後を絶たない。ヤクザが堅気を狙わないというのは、ただの幻想に過ぎず、容赦なく牙(きば)を剝いてくる。

そうした反社会的勢力から危害を加えられる恐れのある者、暴力団から離脱し関係を切る意思を表した者や、また暴力団排除運動の関係者などを対象者として、身辺の警戒や警備に当たり、保護をするのが美波たちの仕事だった。

ユーリの話には、今のところ嘘はない。社長の亀山は分裂したもうひとつの華岡——六甲華岡組の親分と裏盃を交わしているという。彼のプロダクションは、六甲華岡組の中核組織である西勘組の企業舎弟(フロント)だった。

隣の社長室から激しい物音と怒声がした。

「し、心外だ！　おれは被害者だぞ！」

声の主は、社長である亀山裕太郎その人だ。

「さっきから聞いてりゃ、あんたらはおれをヤクザ扱いする気なのか⁉」

「そんなことは言ってません。誤解を招くような発言があったらお詫びします。まずは落ち着いてください」

同じく社長室にいる男たちがなだめる。警視庁組対四課の捜査員と新宿署の刑事だった。

「な、なんだ」

熱心に美波を勧誘していたユーリが目を丸くした。

彼は中腰になって社長室のほうを見やった。美波はなにも答えずに茶をすする。ユーリの顔が険しくなった。今までの余裕が消し飛び、口籠りながら美波に尋ねる。

「な、なに。あ、あれって、もしかしてポ、警官じゃないの？」

「そうみたい」

美波はショルダーバッグに手を伸ばした。なかから警察手帳を取り出して、バッジと身分証を見せる。

「私もだけど」

「ひっ」

ユーリは後ずさってパーティションに背中をぶつけた。大きな物音がする。

彼の驚きようを見るかぎり、スカウト行為の迷惑防止条例違反などで逮捕された過去があるのかもしれない。警察への怯えかたが尋常ではなかった。

「ちょ、ちょっと待ってよ。汚えじゃん。それに、おれはここの事務所について喋っただけで、あんたをスカウトしようだなんて――」

ユーリは唾を飛ばしてまくし立てた。美波は、社長室にいる警官らと同じく落ち着くようにと両手の掌を向ける。

オフィスにいた年配の女性事務員が、ユーリの姿を見かけるなり、あっと叫んだ。

「このゴキブリ野郎！　おめえは出禁だって言われてんだろうが！」

女性事務員は金属製の文鎮を投げつけてきた。

大判焼きぐらいの鉄の塊が、ユーリの肩にドスンと当たった。彼女はマジックペンやガラケー、ＰＣのマウスを放る。ユーリは頭を抱えて事務所から出て行く。

女性事務員は美波に怒鳴った。

「あんた、刑事でしょう！　あんなゴキブリ、しょっぴいてくれなきゃ！」

「ごめんなさい。まさか、こんなところで勧誘してくるなんて思ってもみなかった」

「あいつはどこにでも湧くんだよ。よその家にも平気で入ってくる」

「そうみたいね」

美波は席を立って、女性事務員が投げつけた文房具やマウスを拾い、彼女のテーブルへと返した。

女性事務員はとくに礼も言わず、不愉快そうに鼻を鳴らすだけだった。仕方がなかった。招かれざる客なのは美波も同じだったからだ。

再び商談コーナーの椅子に腰かけると、ユーリと入れ違いで部下の本田が事務所に入ってきた。申し訳なさそうに頭を垂れながら。

美波は尋ねた。

「腹でも下したの?」

「とんでもない。あのバカ野郎のせいで、部屋に入るタイミングがわからなくなって。あいつ……まさか班長をスカウトしようなんて、目がどうかしてるんじゃないですかね」

美波は眉をひそめてみせた。

「それって、魅力がよっぽどないと言いたいわけ?」

本田は手を振った。

「勘弁してくださいよ。さっさとつまみ出してやりたかったんですが、いかにも事情通ってツラして、ペラペラと業界について話すもんですから」

「まあね」

本田は耐えきれなくなったのか、にやにやと笑みを浮かべ、持っていた新聞をテーブルに置いた。

「事務所の外にいても聞こえてきましたよ。班長だって黙ってスカウト野郎の営業トークに耳を傾けてたし、割って入りたくても入れないじゃないですか」

「みんな、あのユーリ君みたいに口が軽ければ楽なんでしょうけれどね」

美波は社長室に目をやった。

三日前、この事務所の主である亀山が、深夜の新宿ゴールデン街付近で何者かに暴行を受けた。

目撃証言によれば、ジュニア用の金属バットを持った二人組に、亀山は背後から襲われてメッタ打ちにあったという。

亀山自身の通報によって、救急車で四谷の病院に搬送された。診断結果は背中と腰の打撲。それに肋骨と前腕部の橈骨の亀裂骨折で、全治三週間というものだった。今の亀山は、折れた右腕を三角巾で吊り、胸部をバストバンドで固定し、医者から処方された痛み止めを呑んでいる。

防犯カメラに映っていた人物は、黒いパーカーのフードで頭をすっぽりと覆い、おまけにマスクで顔を隠していた。暴行自体も一分程度とすばやく、亀山を狙った計画的な犯行と思われた。亀山は背中と腰を殴られて路上に倒れこみ、犯人らは餅つきのように金属バットを振り下ろしたという。手早く殴打を済ませると、近くの路上に停めていたビッグスクーターで逃走をしている。

現段階では、二十代から四十代の屈強な男性とまでしか絞り込めていないが、本庁組対四課と新宿署の見立てでは暴力に慣れた者の犯行という意見で一致した。

犯人たちは計画的に事に及び、あっという間に亀山を叩きのめしたにもかかわらず、三十万の現金が入った彼の財布にも、約百五十万のブレゲの腕時計にも目もくれずに去っている。

その日の亀山は、スポンサーである実業家を代々木の高級焼肉店でもてなし、プロダクションが抱えるAV嬢が待機している南新宿のシティホテルに送り届けた。

接待を終えた彼は、なじみにしているゴールデン街のバーに足を延ばし、何杯かのバーボンを呑んでおり、店を出たころにはほろ酔い気分になっていた。

接待をされた実業家にしても、近年の健康ブームに乗って、美容品や高額な健康食品を売りさばいて太く儲けているが、出資法違反や詐欺の前科があり、西勘組系の暴力団組長とゴルフ仲間でもある、いわくつきの人物だった。

「社長さん、あんた、さっきから『関係ない、聞いたことない、知らない』の一本槍だけどさ。そのわりには、あっちこっちで西勘の名を出してるじゃない」

今度は社長室から、組対四課の捜査官の声が耳に届いた。

広域暴力団係の〝エビスコ〟こと須郷方達警部補だ。口調はあくまで柔らかだが、マル暴捜査官らしく、声は腹に響くような重さがある。

社長室のドアは合板製の薄いもので、声のボリュームを抑えていても、美波の耳に入ってくる。

さらに須郷が亀山に言う。

「ちょっと聞きこみしただけで、あんたが遊びでもビジネスでも両方で組の名前を出してることは、こっちの耳にもとっくに入ってるんですよ」

　亀山につめ寄る須郷の巨体が目に浮かんだ。

　彼は若いころに第八機動隊に所属し、警視庁相撲部で活躍した。東日本実業団相撲選手権で、二部とはいえ優勝に導いたほどの実績を持つ。

〝エビスコ〟とは相撲用語で大食漢を意味する。大きな身体から放たれる圧力や、暴力に物怖じしない性格が、組対の上層部に気に入られ、それからはマル暴畑を歩んでいる。

　本田はひそひそと囁いた。

「あの社長も、身から出た錆ですね。都内でも派手にドンパチが起きてるってのに、てめえだけは大手を振って歩いていられると思っていやがる」

「どんな人であろうと、大手を振って歩けるような街にするのが私らの務めよ」

「そ、そうすね」

　美波は新聞に目を落とした。首都圏版の記事が目に入る。

　見出しには『華岡組抗争　ついに東京にも飛び火　許されぬ暴力の応酬』とあり、射殺された五代目華岡組東堂会系の暴力団組長の平井篤、それに準構成員の鳥居悠の写真が掲載されてあった。

　ちょうど二週間前の早朝、浅草で射殺事件が発生し、五代目側の親分と準構成員の二名が射殺された。

撃たれた平井と準構成員の鳥居は、華岡組系列の組織に名を連ねているが、関東の老舗団体である東堂会の傘下、業平一家に属する東京ヤクザだった。

警視庁組対部の分析では、業平一家は五代目側に残ったものの、激しい抗争を展開している関西や中京の組織とは一線を画し、戦いに加わる意思はきわめて低いものと思われていた。

また、攻撃をしかけたとされる六甲華岡組も、派手な流血沙汰はできうる限り避けたいという事情があった。数のうえでは劣勢の六甲華岡組は、今年の春になって兵庫県公安委員会から指定暴力団に指定されている。

いわゆる逆縁という形で盃を返し、組織を割って出て行った六甲側は、業界の筋を重んじる他団体を味方につけられず、人員的にも資金的にも不利と思われていた。

さらに両組織が警戒しているのは、警察当局による特定抗争指定暴力団の指定だ。

指定された組織の構成員は、〝警戒区域〟と定められた場所の組事務所への立ち入りや留まり、多数での集合が禁止され、違反した場合はそれのみで罰則が科され、取締の対象となる。同指定を受ければ、構成員の集合も事務所の使用も禁止となり、構成員は密な連絡が取れなくなるばかりか、シノギにも大きな影響が出る。

じっさい、骨肉の争いを繰り広げている西日本とは温度差があり、同じ華岡の代紋を背負っているとはいえ、首都圏では争いによって今以上に稼げなくなるのを危惧していた。

チンピラ同士の小競り合いや事務所への車両特攻が、いくつか発生するのみだった。

それだけに住宅街での射殺事件は、社会を震撼(しんかん)させる事態となった。メンツを潰された警視庁は、六甲側の西勘組系列の事務所と関連施設の家宅捜索を実施した。

浅草署に大規模な捜査本部を起(た)ち上げ、捜査一課の強行犯係や浅草署員だけでなく、多くのマル暴刑事を投入し、六甲側の暴力団幹部を微罪で逮捕するなどして、ヤクザを徹底して痛めつけている。同時に射殺犯の特定に躍起になっているが、容疑者の絞り込みはまだできていないらしい。

昭和のころは、暴力団が敵の命(タマ)を取れば、使用した凶器を持参して署に出頭し、警察のメンツを気づかうなど、なにかとなあなあな時代だった。

しかし、法の厳罰化にともない、警察と暴力団とのなれ合いがほぼなくなった現在では、暴力団も抗争相手の命を狙うとなれば、トップの組織的関与を隠すために実行犯を徹底して匿(かくま)う。

実行犯としても、かりに拳銃を用いて人ひとりを殺害すれば、無期懲役か死刑を覚悟しなければならず、人生の大半を棒に振ることになる。

鉄砲玉は平井らの命を奪った。捕えられた暁(あかつき)には、死刑判決が下される可能性が高い。鉄砲玉側もそれを百も承知らしく顔をヘルメットとマスクで隠し、新聞配達員に化けて油断を誘い、スーパーカブで逃走するなど、周到な計画性がうかがえた。

新聞には、殺害された平井たちだけでなく、柳田（やなぎだ）晴翔の写真も掲載されてあった。

柳田は平井組の準構成員で、殺害された鳥居の幼馴染だった。彼は一昨日、同じ浅草にある西勘組系の事務所にダンプカーで突っこんでいる。

すでに両方の華岡組の事務所には、重装備の機動隊を中心とした警官隊がシケ張りしていたが、柳田は親兄弟の仇（かたき）を取るため、ダンプカーで機動隊を蹴散らすと、事務所の入った雑居ビルに突入し、出入口を滅茶苦茶（めちゃくちゃ）に破壊した。

柳田はダンプカーを降りると、三本のドスをベルトに差し、銃身を短くカットしたショットガンを手にし、雑居ビルの二階にある事務所へ駆け上がろうとしたが、その前に機動隊によって取り押さえられている。

このダンプ特攻は、警視庁の体面をさらに傷つける結果となり、ふたりの構成員を殺された業平一家が、報復のために二の矢、三の矢と鉄砲玉を放つおそれがあった。

そんな緊張状態にあるなかで、六甲側に近しい亀山が正体不明の男たちから暴行を受けた。現段階の状況を考えれば、容疑者は五代目側の人間と思われたが、華岡組の動向に詳しい〝エビスコ〟によれば、事態はそう単純ではないらしい。

バットで殴打された亀山は、あわてて１１９番に通報したが、犯行が関西ヤクザ絡みだと気づいたらしく、今日にいたるまで警察の事情聴取に対してのらりくらりととぼけていた。

彼は恨みを買う覚えもなければ、自分を狙う人間に心当たりはないと答え、暴行犯についても記憶にないと言い張った。ヤクザとの交際についてはきっぱりと否定している。

もっとも、それを鵜呑(うの)みにするほど、警察は甘くない。組対三課は亀山に暴力団からの襲撃をふせぐという名目で、美波ら身辺警戒員(PO)をつけた。美波らの目的は言葉通り、亀山の警護にあったが、同時に彼の監視役として張り続けるのが狙いでもあった。

本田は女性事務員の目を盗んでぼやいた。

「どうせなら署に引っ張っちまえばいいのに。あの社長、叩きゃ埃(ほこり)なんかいくらでも出るでしょうに。何日かクサいメシ食わせれば、さっきのユーリ君みたいに、お喋りになるはずです」

本田も腕利きの身辺警戒員だ。しかし、亀山の警護にはいささか乗り気ではなさそうだった。

その亀山が社長室から出てきた。ブランド物のスーツを着用し、ワイシャツのボタンをふたつ外して、胸元を露(あらわ)にしていた。肌を日焼けサロンで焼き、口ヒゲを蓄えるなど、女を相手にした商売人風の恰好(かっこう)をしていたが、三角巾で吊った包帯だらけの右腕が痛々しかった。胸元のバストバンドも見え隠れしている。警官たちにねちっこく事情を訊かれたためか、疲労の色も隠せない。

亀山は荒っぽく社長室のドアを閉め、早足で事務所の出入口へと向かう。

「おい、あんたら警備のプロじゃなかったのかい。ボーっとしやがって」

「これはすみません」

本田は椅子から立ち上がって尋ねた。

「どちらへ？」

「便所だ！　お前らはクソもさせないつもりか！」

「とんでもない。ごゆっくり」

亀山も本田も、不機嫌な気配を滲ませながら事務所を出て行った。亀山は初めて会ったときから横柄な態度を取り、本田を辟易させていたが、連日の事情聴取でさらにカリカリきているようだった。捜査員とのやり取りで溜めこんだ怒りを、容赦なく美波らにぶつけてくる。

身辺警戒員は、身の危険が迫っている市民をつきっきりで守るのが仕事だ。だからといって、対象者からつねに感謝されるわけではない。

後ろ暗い秘密を抱えた密接交際者や、警察嫌いのアウトローや前科者、ヤクザに一杯喰わせて警察に泣きついてきた詐欺師といった曲者をガードしなければならない場合もある。

身辺警戒員側も、護衛を口実に対象者にぴったり張りつき、おかしな行動を取らせないように監視する。そのため、対象者と摩擦が起きるのも珍しくはないのだ。

美波は、主が不在となった社長室へと向かった。室内にいた須郷と新宿署の刑事に目礼した。

「お疲れ様です」

「おう、片桐班長。あんたも大変だな」

須郷はビジネスバッグからチョコバーを取り出し、ふた口で胃に収めた。髷を結って浴衣を着せれば、関取に変装できる巨漢だ。疲労の色が濃かった亀山とは対照的で、体調も機嫌もよさそうだ。

須郷は室内をぐるりと見渡した。オフィスと同じく、壁には上品とは言い難い『グリッター・エージェンシー』所属のセクシー女優のポスターがいたるところに貼られてある。

「こんなところで、じっと待機するだけでも苦痛だろうに、バカなスカウト君に絡まれるとは。毎日がセクハラとの戦いだな」

「聞こえていたんですか？」

「スカウト君の悲鳴までな。こっちはシリアスな場面だってのに噴きだしそうになった。危うかったよなあ、中川さん」

新宿署の中川がうなずいた。

ヤクザ激戦区の新宿署で、組対に所属しているだけに、須郷と同じく岩石のようないかつい顔つきの中年刑事だが、今は表情を緩ませた。

「だいたい、ここは取り調べ室と違ってやりづらい」

中川は壁際に設置されている書棚に目をやった。その上には、バイブレーターやアナルプラグが、トロフィーのように所狭しと飾られてある。

美波は須郷に言った。

「だいぶ参っているようでした」

「人聞きが悪いな。反社会的勢力との関係を断つための説得が、功を奏しているとでも言ってほしいな」

須郷は不満そうに口を尖らせた。しかし、まんざらでもなさそうだった。

亀山襲撃事件の容疑者はまだ絞りこみさえできてはいない。衝動的な暴力沙汰とは違い、周到に練られた犯行と思われ、特定には時間がかかりそうだった。

襲撃したのは、五代目華岡組側と考えるのが順当といえた。亀山は、反目の六甲側の中核組織である西勘組に近しいだけでなく、裏盃まで受けた〝隠れヤクザ〟だという噂まである。

ただし、広域暴力団係の分析は違っていた。かつては企業活動をするにあたり、暴力団ともちつもたれつの関係を築くのはメリットがあった。

しかし、現在ではヤクザとつるんでも有益なことなどなにもないのだ。お上に睨まれ、取引先からつき合いを断られ、まともに商売などできなくなる。企業舎弟と見られる会社の経営者や従業員のなかには、暴力団とのつながりを断ち切りたいと願う者も多い。ましてや、ふたつの華岡組はカネのかかる喧嘩の真っ最中だ。どちらも臨時徴収として、年に何度も構成員からカネを吸い上げている。亀山が自身の報酬だけでなく、会社の売上に手をつけている可能性もあった。

須郷は突き出た腹を叩いた。

「社長にはあれこれ言ってるが、そのたびに『おれ個人の見解ではあるが』と、親切にエクスキューズを入れてるんだ。テレビなんかでやってる健康食品の宣伝と同じだよ。信じるかどうかは社長さん次第さ」

襲撃犯の正体は未だ不明だったが、須郷は犯人を対立組織の五代目側ではなく、交際している西勘組だと亀山に吹きこんでいる。味方に背中をぶん殴られたのだと。

当初こそ、亀山は須郷の推理を一蹴したが、そこは名うてのマル暴刑事である。六甲華岡組の状況や西勘組の内情など、収集した情報をフル活用し、亀山に虚実を交えて吹きこんだ。須郷が注入した〝毒〟が回りつつあるのを、部屋から出てきた亀山の顔色を見て確信した。

須郷の見立ては、まったくのデタラメとは言い難い。それだけに信ぴょう性があった。

犯人らは、亀山に警告を与えるのみで留め、あえて急所は外したというのが新宿署の見解だった。

――カネを出し惜しみすれば、今度は骨折だけでは済ませねえぞ。そんな西勘組からのメッセージだと思っているがね。あんた、最近赤坂（あかさか）の『ラ・マン』に顔出してないだろう。ママがカンカンだったらしいぜ。

須郷は個人の見解と述べながらも、さかんに六甲側の犯行であることを匂わせた。

『ラ・マン』は赤坂の韓国クラブで、西勘組の幹部の妻が経営している店だ。幹部の子分や弟分、それに企業舎弟の経営者には法外な値段を請求するうえに、顔を見せなければ旦那（だんな）が〝営業〟の電話を頻繁（ひんぱん）にかけてくる。

厳冬が続くヤクザ社会では、こうした仲間や共生者を食い物にするといった〝共食い〟というべき現象が頻発している。もともと、華岡組がふたつに割れたのも、その大きな原因のひとつとして、日用雑貨品を配下の者に対して強制的に購入させ、上納金を収めさせていた事実が挙げられる。

その五代目の圧政を批判し、組を割って出た六甲側も同じく〝共食い〟に走っているという。亀山も身に覚えがあるらしく、須郷の巧言に惑わされていた。

須郷らの目的は、亀山のような企業舎弟や共生者を、ヤクザから引きはがすことだ。資金源となっている彼らを容赦なく叩き潰す手段もあるが、警察の味方に誘導する手段を選んだ。情報提供者（エス）に仕立てて、西勘組の内情を探らせるのだ。

華岡組はとりわけ当局の目の敵（かたき）にされているため、警察とのつきあいを一切許さず、対決姿勢を露にしている。そのためスパイ工作が欠かせない。

亀山を署に勾留するのではなく、捜査員たちが彼の城にわざわざ足を運ぶのもそのためだ。美波らは警護というより、亀山を囲いこむために動員されたというわけだ。

須郷は時計に目を落とした。

「なんだ。もう二時を回ってるじゃないか。時間をたっぷり割いて協力してくれたんだ。やっこさんの昼飯ぐらいは奢ってやらないとな」

「食欲がありそうには見えませんでしたけど」

美波が亀山の印象を述べると、須郷はニヤリと笑った。

「おれが食いたいのさ。この時間ぐらいになると、やっぱり菓子だけじゃ乗り切れん。たっぷり脅したからな。ゆっくりメシでも食って、こっちになびいたほうがどれだけお得か、ご説明させてもらおう。班長も腹が減っただろう」

「ええ」

美波は二つ返事で答えた。空腹ではあったが、軽く済ませるつもりだった。

専従の身辺警戒員となってからは、文字通り現場で身体を張る仕事とあって、人一倍健康を気遣うようになった。食事は朝にしっかりと摂り、昼と夜はいつでも動けるように少なめにしておく。

状況によってはトイレに行く暇もなく、対象者の警備に追われるため、水分も控えめに

して おく習性もついた。胃腸を考えて冷たい氷水やアイスコーヒーも控えている。食事に同行するさいは、どんなジャンルであれ、軽いものを選ぶようにしている。

美波のケータイが震えた。ポケットから取り出し、画面に目をやると、新谷満広の名が表示された。組対三課の管理官で美波の上司にあたる。

電話に出ると、新谷が抑揚のない声で言った。

〈今、大丈夫だろうか〉

「……少々、お待ちください」

須郷らに断りを入れて社長室を出た。オフィスでトイレから戻った亀山らとすれ違う。

本田に目で合図をし、外の通路へと出る。新谷は感情を表に出さないタイプだが、つきあいも長くなれば、ある程度は読めるようになる。なにか異変が起きたのかもしれない。

予想をしながら再び電話に出た。

「なにか、ありましたか」

〈警視庁本部に急ぎで戻ってもらいたい。亀山裕太郎の身辺警護は徳倉班を当たらせる〉

「了解しました。片桐班はただちに帰庁します」

ケータイを握り直して答えた。

徳倉班の班長である徳倉正義は、本来は目黒にある第三機動隊で小隊長を務めているが、現在は身辺警戒員として動員されている。徳倉のもとに就く班員は、所轄署の警備課や刑事課から選ばれた警察官で構成されている。

華岡組の分裂と首都圏での抗争激化に合わせ、ふだんは刑事課や警備課、機動隊などに在籍している身辺警戒員をフルに活用している。組対三課の保護対策第一係に属し、専従の身辺警戒員として動いている片桐班には、その役割上、とりわけ危険が差し迫っている者の警護が命じられる。

昨年の冬にも、元暴力団員ら複数名を死傷させた連続射殺犯と対峙し、犯人たちと銃撃戦まで繰り広げた。そのときは、危うく散弾で頭を吹き飛ばされそうにもなっている。恐怖と不安に耐えきれず、心をへし折られかけたりもしたが、同時に民間人警護の重要性を痛感させられた事件でもあった。

ヤクザや愚連隊、外国人マフィアなどの非情な攻撃から、徹底して警護対象者の盾となり、鉄壁の防御を誇る存在として、ふだんは他の仕事に従事している身辺警戒員の手本となってみせる——職務に対する意識を高めてくれた。

新谷に尋ねられた。

〈そういえば、亀山裕太郎の具合はどうだろうか〉

「須郷さんの努力のおかげか、じきに仕上がりそうです」

〈仕上がる、か〉

新谷は小さく笑ってから告げた。

〈新たな警護対象者は、すでに仕上がった人物といえる。ごく最近まで現役だった暴力団員だ〉

2

難波塔子は苛立っていた。おとなしく口を閉じてはいたが、腹のなかは煮えくり返っている。

浅草署の取り調べ室で対峙しているのは、ジャージ姿の不敵な面構えをした中年ヤクザだ。頭髪を短く角刈りにし、眉を極細にカットしている。剃り込みまでは入れていないが、昔の暴走族によくいそうな風貌だ。敵意を誇示するかのように腕組みをし、塔子ら捜査官にガンをつけている。

抗争真っ最中の六甲華岡組系の構成員で、名を山内和則という。主流派である西勘組系佐々部総業のさらに枝に属する末端ヤクザだ。六区と呼ばれた浅草二丁目の繁華街に事務所を構えており、十名ほどの子分を抱えている。

「おい、山内。そんなにダンマリ決めこまねえで、素直に調書巻かせろや」

浅草署の松岡耕平部長刑事は、優しく語りかけた。

しかし、彼はかなりの焦りを感じているらしく、白髪頭が汗に濡れている。無理もなかった。浅草はおれの縄張りだとばかりに出しゃばり、管内のアウトローには顔が利くと、取り調べを仕切ろうとした。

だが、フタを開けてみれば、顔が利くどころか、相手に雑談すら応じてもらえず、完全黙秘されてしまうのだから、彼のメンツは丸つぶれだ。

——おれの顔も少しは立てろや。

——ああ？　誰だ、てめえ。

取り調べはこんな調子でスタートした。とりつく島もないうえ、地元のマル暴刑事もまるであてにならないのが、このやりとりだけで露呈していた。

頭を抱えたくなったが、ベテラン刑事のプライドを傷つけるわけにもいかず、ただ無表情を装うしかなかった。

六日前、山内を過去の暴行傷害事件で逮捕した。今年の春に、子分に教育と称して木刀(ぼくとう)を背負わせた件で捕えたのだが、それはあくまで別件であって、目的は平井組組長と準構成員の射殺事件にある。

ぶちこまれたのは山内だけではない。同署の留置場は西勘組関係者でいっぱいだ。拳銃による住宅街の射殺事件に激怒した浅草署や本庁組対四課が、六甲側の事務所の家宅捜索をし、組員らを次々に拘束した。

捜査本部が起ち上がり、捜査一課の難波班が浅草署へとやって来たときには、すでに捜査員らは六甲側のヤクザによる犯行との線で動いていた。

とはいえ、機動捜査隊から引き継ぎ、鑑識や所轄が集めた情報を確かめてみると、容疑者の絞り込みはおろか、犯行に用いられたバイクや逃走経路も判明しておらず、防犯カメラの映像データの確保も進んでいなかった。

手持ちのカードが揃ってこそ、取り調べで容疑者たちを追いつめられるのだが、これでは徒手空拳で臨むようなものだった。しかも、それを署に引っ張られたヤクザたちに見抜かれている。警察がロクに情報や証拠を握っていないと知られ、今や余裕さえ持たれつつあった。

「あの平井が殺られた日の朝六時、お前はどこでなにしてた。アリバイのありなしくらい言ってもバチはあたらねえだろう」

松岡は手の甲でさりげなく汗をぬぐった。だが、彼が汗だくなのは誰の目にも明らかだ。

今回の捜査本部には、浅草署の組対課や本庁組対部の人間も送り込まれている。

警視庁内には、組対部を一段低く見る者が少なくない。とくに花形である捜査一課には、絶滅危惧種のヤクザという人種を相手にしている二線級の部署だと見る者もいる。

塔子自身はまったく思っていないが、マル暴刑事たちがカッとなって勇み足をしたのは事実だった。六甲側の犯行と決めつけ、系列のヤクザをやたらめったらとしょっぴいたのだ。連中を甘く見たとしか思えない。

　犯行自体はかなり周到だ。拳銃が使われている以上、暴力団絡みの犯罪と見るのは当然だが、どこの組織によるものかはまだはっきりしていない。

　犯人は、平井組長らを殺害するだけでなく、正体が割れぬように注意を払っていた。ヘルメットとマスクで顔を隠し、犯行後は駒形(こまがた)橋をバイクで走って墨田(すみだ)区内に逃げこんだが、その後の足取りはまだ掴(つか)めていない。

　塔子は冷ややかに山内に告げた。

「そんなに非協力的な態度取ってると、いつまで経っても釈放にはならない。暴行傷害だけじゃなく、車庫飛ばしに暴排条例違反。あなたを留置場に何か月も押しこんでいられるの。酒や女と切り離された暮らしをずっと送るつもり？」

「おれは酒を飲(や)らねえし、女ならあんたがいるじゃねえか」

　彼は取り調べ室をぐるりと見渡してから言った。

「あんた、今メンスだろう。こんな狭い部屋じゃ臭いがこもって鼻が曲がりそうだ。これなら女(スケ)も当分いらねえ」

「こいつ――」

　松岡がデスクを叩いた。

　塔子は椅子を蹴って立ち上がり、山内を睨みつけながら静かに歩み寄った。

「なんだ。メス刑事、文句あんのか」

山内が歯を剝いて立ち上がった。筋トレが趣味らしく、上半身の筋肉が発達している。塔子よりも身長が十センチ以上も高い。

険しい顔の山内を見上げると、にっこりと笑ってみせた。彼は虚を突かれたように目を丸くする。

塔子は笑顔のままでローブローを放った。掌で叩いたうえに陰囊を握りしめる。

「あっ」

山内はその場で飛び上がり、床にへたりこんだ。

彼女はしゃがんで、耳を引っ張った。急所攻撃が効いたのか、抵抗してくる様子はない。

笑みを消した。

「あんまりナメた真似してると、女抱けねえ身体にするぞ、バカ野郎」

山内は涙を滲ませながら悶えるだけだった。松岡は呆気にとられた顔で見つめている。

彼女の性格や評判を知らなかったらしい。

「ちょっと席を外します」

「あ、ああ」

戸惑い顔の松岡と苦悶するヤクザを残し、手を洗うために取り調べ室を出た。

塔子はトイレに入ると、液体ソープを使って念入りに手を洗った。チンピラヤクザ相手に一泡吹かせたところで、心はまったく晴れはしない。

ハンカチで手を拭きながら廊下に出ると、部下の水戸貴一が口をへの字にして待っていた。外回りから戻ってきたらしい。

夏はとっくに終わり、秋も深まったというのに、顔は塔子と同じく茶色く焼けていた。お天道様が照りつけるなかで歩き回るため、いくら日焼け止めを塗っても、紫外線からの影響は逃れられない。彼は〝ナシ割り〟に組み込まれている。

今回の捜査活動は三つのグループに分けられている。平井らが殺害された浅草の現場周辺をくまなく歩き回る〝地取り〟、被害者の遺族や友人、知り合いや同僚といった関係者にあたり、被害者の人間関係を洗いだしていく〝鑑取り〟。

〝ナシ割り〟は、現場の遺留品や凶器の線から捜査していくやり方だ。警察社会では、証拠品を〝ブツ〟や〝シナ〟と呼ぶ。〝シナ〟を逆さに〝ナシ〟とも言う。最近は廃れつつあるが、伝説の捜査官と呼ばれた父の難波達樹と〝難波学校〟の面々は、こうした隠語をさらりと使いこなしていた。

「聞きましたよ……班長、あなたって人は」

掌を向けて彼の言葉を封じた。

「わかってる。自分でも充分に嫌気が差してるから」

水戸は首を横に振った。

「すごい方だと、改めて見直しましたよ」

「なんでよ」

「ここに押しこまれてる暴力団員だけじゃなく、所轄の連中も目を剝いて驚いてましたよ。これで班長を見る目もガラッと変わるはずです」

塔子は苦笑しながら頭を掻いた。

「この先、どういう目で見られるんだか」

単純に喜べはしなかったが、水戸の励ましを素直に受け取ることにした。

塔子はつねにアウェーで仕事をしなければならない。花形の捜査一課の強行係として、殺人事件が発生すれば、署などに設置された捜査本部に出向き、地元の刑事や他の部署の人間とチームを組む。

警察組織は男性社会だ。ましてや、私服警官ともなれば、圧倒的に男が数を占める。捜査一課の者を受け入れるさい、班長が女とわかると、所轄の人間はあからさまに眉をひそめるものだ。

奮闘の甲斐もあって、実力も徐々に知られつつあるが、それでも警視庁の管轄は広い。浅草署で仕事をするのは初めてだ。

水戸はあたりを見回し、声をひそめて言った。

「だいたい、ここの連中はどうもピリッとしません。とくに〝鑑取り〟の先輩方ときたら」

「まあ、たしかにね」

部長刑事の松岡の姿が浮かんだ。

まるで地元のヌシのような顔をしていた。じっさい、土地に関する知識は豊富で、管内の自治会や飲食店組合とは良好な関係を築いている。

松岡は地元の有力者と手を組んで、暴力団排除運動を展開させ、みかじめ料といった資金源を断ってきた。管内の暴力団を締め上げてきた功労者だ。けっして無能な警官ではないが、今回は力を発揮できずにいる。裏社会関係の事件が起きたとしても、それらに関する情報を得られるだけのチャンネルを失っているのだ。

射殺事件の背景には華岡組の内部分裂がある。捜査本部は、被害者の平井の人間関係、それに彼の反目に回った西勘組系の構成員を徹底して洗っている。そのため〝鑑取り〟に多くの人数を割いた。

殺人事件の多くは金銭トラブルや怨恨、痴情のもつれが原因だ。これらの動機を持つ人間が犯行に関わっている可能性が高い。それゆえ〝鑑取り〟こそが犯人逮捕につながりやすく、経験を積んだベテランが担当するのが慣例だ。

今回は暴力団絡みであるため、浅草署の組対課だけでなく、警視庁組対部からも捜査員が派遣されていたが、情報収集に手を焼いているのが実情だ。

関西ヤクザを東京から追い出せ——上層部から命を受けて、現場の者たちは忠実に実行してきたのだ。今度は連中から情報を聞き出せというが、そう簡単に行くはずはない。暴力団側にしても、町ぐるみで追い出しを図ってきた当局相手に、舌すら出す気になれないのが本音だろう。おまけに、相手は警察組織が目の敵にしてきた華岡組なのだ。

水戸は息を吐いた。

「昨年の連続殺人事件を思い出しましたよ。あのとき、ヤクザの元組長をおれたちに紹介してくれた赤坂署の係長さん。今さらだけど、ここの連中と違って優秀だったんだなって」

塔子は相槌(あいづち)を打った。

この部下も最近は随分(ずいぶん)と言うようになった。それこそ去年あたりといえば、年配刑事から拳骨を喰らわされ、鼻息の荒い塔子に振り回されてきた。所轄に対する手厳しい批判も、まるでかつての自分が言いそうなセリフだ。

昨年の連続殺人とは、やはり拳銃が凶器として使用された凶悪事件だった。元暴力団員だった実業家などを狙った犯行で、三名もの人間が殺害されただけでなく、犯人は警察をも嘲弄(ちょうろう)するかのように無法のかぎりを尽くした。それゆえ、裏社会の連中から情報を得るため、だいぶ無茶をしたものだった。

水戸の胸を軽く小突いた。

「暴力団員（マルB）の口の堅さにムカついて金玉打った私も、ピリッとしない先輩方のひとりってわけね」

「あ、いや。そうじゃなくて」

「冗談よ」

身構える水戸に笑顔を向けて続けた。

「それだけ舌鋒（ぜっぽう）鋭く同僚批判をするってことは、なにか得てきたんでしょう？」

彼は、よくぞ聞いてくれたといわんばかりに、表情を引き締めた。

「約一か月前ですが、足立区（あだち）西新井（にしあらい）のバイクショップに、三台のスーパーカブ50の修理を持ちこんだ男がいました。修理を手がけたバイク店の店主によれば、どれもフロントバスケットと大型リアキャリアがついていたそうです」

「2012年式？」

彼はうなずいた。

店主によれば、三台ともにガタが来ていたらしく、タイヤを始めとして、部品をかなり交換しなければならなかったという。

犯人は腕利きだった。平井の油断を誘うため、スーパーカブに乗って新聞配達員に変装。フロントバスケットには大量の新聞まで積んでいた。

平井らを撃った後、スーパーカブで駒形橋を渡り、東に逃走している。防犯カメラの解析で、逃走経路はある程度判明したが、荒川の河川敷付近でバイクごと姿を消した。近くの住処にバイクを隠したか、トラックやバンに積み込んで逃げたのか、未だに行方はわかっていない。

犯行に使用されたのは、防犯カメラの映像や目撃者の証言から、2012年型のビジネスタイプと判明。ただし、ナンバープレートは取り外されていた。

水戸は浅草署の若手署員と組み、犯行に使用されたスーパーカブの入手経路を探っていた。都内のバイク専門店や整備工場を虱潰しに当たっている。他の組も、同型のバイクを所有する新聞販売店や郵便局、飲食店を調べていた。

水戸の口調がふいに熱を帯びた。

「バイクのナンバーを問い合わせたところ、所有者は足立区舎人で新聞販売店を経営していた七十代の男性でした。今年になって店を自主廃業しています」

「修理に持ちこんだのは、所有者のおじいちゃんじゃなかったのね」

「ええ。田中という名の中年男性です。新聞販売店の元店主からおんぼろバイクを譲ってもらったので、レストアして使えるようにしたいとのことでした」

「田中さんね」

水戸の瞳が煌めいた。

「偽名でした。バイク店の若い店員が、自称田中の正体を知っていたんです」

若い店員によれば、田中の本名は杉田永吉といい、足立区のワルのなかでは、それなりに知られた存在だったという。若いころは暴走族の幹部として、リンチや窃盗の罪で少年院行きとなった。成人して子供ができてからも、印刷工場に忍んでトルエンを盗み、実刑判決を喰らった経験もあった。出所後は鳶職や塗装業など職を転々としているという。

水戸が得意げになるのも当然といえた。塔子の心に一条の光が差しこむ。

「気になる話ね。偽名なんか使っちゃうあたり」

「でしょう？」

塔子は早足で歩きだした。

彼女の担当は、署へと引っ張られた暴力団員の取り調べだった。

だが、ヤクザたちが揃いもそろってダンマリを決めこみ、連中を追いつめられるだけの材料もない以上、署にこもっていても仕方がなかった。田中こと杉田に会う必要がありそうだ。

取り調べ室には戻らなかった。捜査本部の上層部に掛け合うため、会議室に向かった。

3

美波は平静を装った。

身辺警戒員の任務を全うするには、どんな事態にも対応できる冷静さが必要不可欠だ。しかし、今回はとりわけ難しいミッションになりそうだった。

「ダメだ、こりゃ。馬の小便よりひでえ。なにをどうやったら、こんなまずいコーヒーを淹れられるんだ」

大隅直樹は、コーヒーカップを手にして、顔を露骨にしかめた。

彼はミルクや砂糖を投入して、味を調えていたが、ひと口すすって文句を言いだした。ティースプーンをソーサーに放ったため、カチャンと耳障りな音を立てた。

「てめえ、さっきから調子に乗りやがって、だったら、本物の小便呑ませてやろうか⁉」

本田が椅子から立ち上がった。その動きを予想していた友成と今井が、二人がかりで彼を制止する。

大隅が嘲笑した。

「『仁義なき戦い』のセリフだろ。兄ちゃん、文太を真似るには百年早えな。貫禄ってもんがねえ」

「てめえこそ、ただのヤー公だろうが。ナメた態度取りやがって」

大隅は背もたれにどっかりと身体を預けていた。薄笑いを浮かべながら、美波らを見下すように眺め回す。

「おいおい、誰がヤー公だって？　管理官さん、おたくの部下は善良な市民にとんでもない暴言を吐くんだな。一体、どういう教育をしてる」

管理官の新谷は息を吐いた。

組対三課のやり手捜査官で知られる彼も、今度の警護対象者の不遜(ふそん)な態度にはげんなりさせられているようだ。

「まったく、この先が思いやられるぜ」

大隅はタバコに火をつけた。美波がすかさず注意する。

「ここは禁煙です」

「おっと、そうだった」

火がついたばかりのタバコをコーヒーに捨てた。本田を止めた友成たちも暗い視線を大隅に向けた。美波までもがため息をつきたくなった。

大隅はごく最近まで暴力団組長だった。そのためか、露骨に美波たちを挑発してくる。警視庁本部の六階にある組対三課のオフィスに戻るなり、この元ヤクザを紹介されたが、よほど警官に悪感情を持っているらしく、名刺を渡したさいも、ちらっと目を落としたのみで、ぞんざいにテーブルへと放り投げられている。そのときから、今回はだいぶ手を焼かされそうだと覚悟を決めた。

　警護対象者を守り抜くには、対象者自身の協力も欠かせない。警護するにあたって、彼の行動やプライバシーを制限せざるを得ないときもあれば、防刃ベストなりを着用してもらうときもある。それゆえ、互いに信頼関係を構築する必要があったが、こうも敵意を向けられるとなると、簡単にいきそうにはなかった。

　本田に厳しい口調で命じた。

「謝罪しなさい。大隅さんは、すでに業界から足を洗って、まっとうな道を歩もうとしている」

「どこが――」

「本田」

　新谷も謝罪を促した。

　本田は子供のようにふて腐れた顔をしつつも、腰を折って頭を深々と下げる。

「申し訳ありませんでした」

　大隅は小指で耳をほじった。

「そんなおっかねえ顔しながら謝られてもな。背中からどつかれてもかなわねえしよ」

　美波が助け舟を出した。立ち上がって詫びた。

「謝ります。部下の非礼をお許しください」

「しょうがねえ。ベッピンな班長さんの顔を立てて、ここは寛大に謝罪を受け入れるとしよう」

「ありがとうございます」

美波は礼を述べた。

ただし、手打ちとなったわりには、小会議室の空気はさらに険悪になった。本田だけでなく、友成や今井も苦虫を噛み潰したような顔をしていた。

本田を叱ったものの、彼の言い分もわからなくはない。

大隅の言動も外見も〝ヤー公〟そのものだった。黒い頭髪を職人のように短く刈っているが、スクエアタイプのメガネのレンズにはブラウンの色が入っており、唇のうえにヒゲを蓄えている。

さらにダークスーツを着用し、ワイシャツのボタンを三つも外して、素肌を露にしていた。左腕にはプラチナのブレスレットとスイスの高級時計。キツネのような細長い顔立ちで、メガネ越しに見える切れ長の目が、油断なく光っている。

警視庁本部の一室で刑事に囲まれると、ふつうの一般市民であるならば、緊張でカチカチになるものだ。しかし、大隅は背もたれにだらりと身体を預け、両脚を床に投げ出している。

美波は部下たちに目で指示した——挑発に乗ったりするなと。

本田を始め、友成たちは静かに椅子に腰かけた。

美波たちの警護対象者は多くの場合、ナーバスになって平常心を失っているものだ。なんらかの理由で暴力団の逆鱗(げきりん)に触れ、本人とその家族に危害を加えられる可能性が高い。大隅はごく最近まで暴力団組長として、泣く子も黙る華岡組の代紋をバックにブイブイ言わせてきたのだ。極道の世界から放り出され、後ろ盾を失くした以上、虚勢を張って生きていかなければならないのだろう。

内部分裂で世間を騒がせている五代目華岡組系の東堂会に属していた。東堂会といえば、傘下団体である業平一家系の組長が射殺されるなど、世間から注目されている組織だ。

大隅がいた東堂会系奥心会(おうしんかい)は、新橋(しんばし)や有楽町界隈(ゆうらくちょうかいわい)を縄張りとしており、彼は執行部理事という役職にあった。稼げる経済ヤクザとして名を売り、出世街道を走るエリートと目されていたのだ。

しかし、約一か月前に大隅は下手(へた)を打った。さらなる出世を目論(もくろ)んで、兄貴分である理事長を蹴落とすため、彼の趣味を警視庁組対五課に密告したのだ。理事長の山根昌平(やまねしょうへい)は覚せい剤をやりながら、女子高生とセックスするのが三度のメシよりも好きなロリコンだった。

華岡組は、高度成長期に「日本麻薬撲滅連盟」を結成するなど、表向きには覚せい剤にタッチするのを禁じている。傘下の東堂会も同様だ。

にもかかわらず、理事長は晴海の別宅で、自分の娘と同年齢の女子高生とキメセクに興じていた。そこを組対五課にまんまと踏みこまれ、素っ裸のままお縄となった。

江戸っ子のヤクザとはいえ、内部抗争を展開中の関西系暴力団の一員である。看板に泥を塗った理事長は、華岡組組長や幹部らの怒りを買い、奥心会会長の奥西陽介は、彼を破門にした。

目の上のタンコブを排除したと喜んだ大隅だったが、あまりにタイミングよく組対五課に踏みこまれたのを怪しんだ奥心会は、徹底した内部調査を実施。大隅の密告が浮上した。〝任俠道に反して不都合の段々あり〟として、彼は絶縁処分を喰らい、同会を追われた。

キツネに似た容貌から、いかにも悪知恵を働かせそうに見えたが、〝策士策に溺れる〟というやつで、極道として生きられなくなった。彼自身も大隅総業という一家を構えていたが、組織は解散を余儀なくされている。

美波は被害届に目を通した。大隅が牛込署に出したもので、二日前に神楽坂の小料理屋で飲んだ帰りに、歩道を歩いていたところ、ハイエースが横づけし、なかから金属バットとスタンガンで武装した三人組に身柄をさらわれそうになったという。三人組はそれぞれ野球帽とマスクで顔を隠していた。

大隅は尻や太腿（ふともも）を殴打されたものの、三人組を振り切って神楽坂上交番へと飛びこんだのだ。

美波は、AVプロダクションの亀山の姿を思い出した。ついさっきまで美波らがガードしていた警護対象者だ。彼も新宿で飲んだ後に、複数の男たちから襲われている。

大隅に尋ねた。

「すでに何度も質問されているかと思いますが、犯人に心当たり――」

「あるよ」

彼は即答した。

「奥心会ですか？」

「どうだろうな」

大隅は他人事（ひとごと）みたいに顎（あご）をポリポリと掻いた。本田らの顔がますます険しくなる。

「どこでしょう。六甲華岡組のほう？」

「そっちもあり得る。つまり、心当たりがあり過ぎて困ってんのさ。なにしろ、つきあいが広かったんでな。いろんなやつにカネも貸してる。身内の東堂会系のやつから、反目の六甲側の者まで。刑務所で知り合った広島や九州の兄弟にも。抗争のドサクサにまぎれて、おれを消そうと考えるやつは星の数ほどいる」

「六角の代紋に限らず、襲う理由を持った暴力団員が大勢いるというわけですか」

「極道とは限らねえんだな。今はカタギのほうが粗暴で、なにやらかすかわからねえ。カネを貸すだけじゃなく、運用のために預かってもいるんだが……業界から追い出されたと知って、投資話がポシャると思ったらしい。ぞろぞろとコワモテの社員連れて、話をなかったことにしろと迫る社長さんもずいぶんいたよ」

「あとで、その方々を教えていただけますか？　大隅さんの身を護(まも)るにあたって、情報があればあるほど、こちらも万全な態勢で臨めますので」

「いいよ、班長さん」

大隅はニヤリと笑い、本田らを見渡した。

「他の警察官(サツカン)と違って、あんたは礼儀ってもんを知ってる。気に入ったよ」

「ありがとうございます」

「護衛だけとは言わず、食事でもつき合ってくれれば、なおいいんだが、そこんところはどうだい？」

「任務を無事に終えたら、検討させてください」

「この野郎(ヤロ)……」

再びキレかかる本田を、上座の新谷が手を伸ばして制した。

「よろしく頼んだぜ」

大隅は場の空気を読まずに立ち上がると、肩を揺すって出入口へと歩んだ。「ちょいと一服してくるわ。ヤニが切れると頭が鈍っちまう」

止める間もなく、大隅は部屋を出て行った。

テーブルが重い音を立てた。拳を振り下ろしたのは、本田ではなく今井だ。片桐班では、もっとも無口で感情を表に出さない男だ。東北訛りでうなる。

「なんだず……あいつは。かましてくれるでねえが」

本田もテーブルを叩いた。

「そうっすよ！　なんすか、あのならず者は！　ヤー公の世界ですら生き残れなかったハンパ野郎でしょう！　よりにもよって、なんであんなヨゴレの汚えケツを、おれたちが身体張って拭わなきゃならねえんですか！」

新谷がうんざり顔で注意した。

「もっと静かに。大隅に聞かれたら、また言葉尻を捉えられるぞ」

「かまわねえっすよ！　身から出た錆だ。あのままどっかのヤカラに拉致られて、魚のエサにされるまで放っておきましょうよ！」

美波は眉をひそめてみせた。

「それこそヤカラじゃないんだから。警察官が言っていいことじゃない」

「班長は悔しくないんすか？　ベッピンだの食事だのって、ありゃモロにセクハラじゃないですか」

「私が悔しいのは、感情的になった班員らが、ガードをおろそかにしたせいで、守らなければならない市民が魚のエサになったときよ」

友成が恨めしげに新谷を見た。

「新谷さん、そこまで下手に出るということは、よほど有力な情報を持った男なんでしょうな」

「大隅(マルタイ)は三次団体の一幹部だったとはいえ、本人が言っていたとおり、ふたつの華岡組の内情に通じている。六角の代紋だけじゃない。九州の郷双(きょうそう)連合や、広島の鯉厳(りげん)会にも顔が利くようだ」

威厳と貫禄をそなえた新谷だったが、大隅の態度のひどさは予想を上回ったらしく、部下たちを諭(さと)すように話した。

「偽装絶縁とは考えられませんか？」

美波は新谷に尋ねた。

当初こそ、大隅は単に虚勢を張っているものと思ったが、妙な余裕と軽やかさを感じさせた。ヤクザ社会には戻れない絶縁という重い処分を受け、自分の組も解体に追いこまれた。それだけでなく、何者かから襲撃さえ受けているというのに。酒やクスリにでも溺れ、自宅にひきこもって震え上がっていてもおかしくない状況だ。

内部抗争中の華岡組は、警察組織の締めつけによって、構成員の数を大きく減らしている。ただし、組を去って行くヤクザのなかには、上の命令を受け、あえて一般人となる者もいる。

かりに組織を抜けたとしても、元暴力団員は五年もの間、暴対法や暴排条例の規制を受けるが、警察のマークは格段に緩くなり、一般人としての恩恵を享受しつつ、裏稼業にも励めるからだ。また、かりに捕まったとしても、組織を離れた者として、上の責任は問われずに済む。

華岡組に限らず、どの暴力団も統計上は縮小傾向にある。しかし、それは一般人になりすましているだけかもしれず、警察組織の監視網から逃れている者も少なからずいる。

友成が同意するように相槌を打った。

「同感です。カタギになりすまして、こちらをかく乱するためかもしれません」

新谷は首を横に振った。

「それはありえない。現にあの男は、奥西会長の懐刀(ふところがたな)といえる理事長を罠(わな)に嵌(は)めた。理事長には長い懲役生活が待っているだろうし、破門処分も受けている。奥心会はナンバー2が失脚し、体制そのものを見直さざるを得なくなった。大隅ひとりを偽装絶縁させるのに、わざわざ奥心会はそんなダメージを負う必要はない」

新谷の言葉には説得力があった。

子の不始末は親の責任でもあり、腹心がこのようなみっともない形で逮捕されたとなれば、会長の奥西も東堂会内では肩身の狭い思いをせざるを得ない。

新谷は続けた。

「大隅は、奥心会のシノギや企業舎弟（フロント）に関する情報を、少しずつではあるが、広域暴力団係に提供しているようだ。我々がきちんと彼の身を守り、襲撃者を逮捕した暁（あかつき）には、残らず与えると明言している」

「組から絶縁されて、今度はこっちのケツを嗅（か）ぐってわけか。仁義もへったくれもねえコウモリめ」

本田が不満げに鼻を鳴らした。美波はなだめた。

「仁義なんて持ち合わせてないヤクザのほうが、こちらにとってはありがたい。そうでしょう？」

美波は、自分たちが呼び戻された訳を理解した。

警視庁組対部は、華岡組の内部抗争に乗じ、首都東京から同組を排除するようにと、上層部からきつく命じられている。浅草での射殺事件が起きてからはなおさらだ。新谷も大隅の保護を上から厳命されているのだろう。

大隅の言葉が正しければ、彼は華岡組に限らず、代紋の異なる暴力団の情報まで暴露する気でいる。

「大隅が何者かに狙われたのも、怨恨の線ではなく、口封じということでしょうか」

美波の問いかけに新谷はうなずいた。

「それもある。本人も言ったとおり、奥心会だけとは限らないようだ。大袈裟かもしれんが、彼は極道界のスノーデンやジュリアン・アサンジとなる可能性を秘めている。手を焼かされることもあるだろうが、組対四課も五課も、それだけの価値があると認めている。諸君には苦労をかけるが、暴力団壊滅のキーマンと考え、気を引き締めて臨んでほしい」

新谷が発破をかけたが、部下たちの反応は芳しくなかった。今井がボソッと呟く。

「どうだが。ただのハッタリ野郎でねえといいげんども……」

いまいち士気の上がらぬ部下たち。腹のなかが見えないトラブルメーカーな警護対象者。それに正体不明の襲撃者。

新谷の言うとおり、気を引き締める必要がありそうだった。

4

――刑事は先入観を抱くな。人を色眼鏡で見るな。捜査一課のメンバーとなりゃなおさらだ。

父から幾度となく聞かされてきた。その忠告をつねに心がけていたつもりだったが、田中こと杉田永吉が自宅にいるのを見て、意外に思ってしまった。定職を持たない前科者となれば、夜はパチンコや酒に興じているものと思っていた。

杉田の自宅は荒川近くの住宅地にあり、夜はとくに人気はなくなるが、近くを首都高環状線が走っているため、車の走行音が騒々しい。小屋に毛の生えたような平屋建ての古い住宅で、塀や庭もなかった。

窓はカーテンで覆われていたが、隙間から様子をうかがうことができた。茶の間では、小学生の息子と仲良さそうにテレビゲームに興じている杉田がいた。

スウェット姿でコントローラーを握っている姿が確認できた。最新式の家庭用ゲーム機らしく、親子でヘッドセットをつけている。

五年前にトルエンの窃盗で逮捕されたときとはだいぶ違う。そのときの彼の顔色はドス黒く、眉を極細に剃り、茶髪と黒髪が混ざり合った〝プリン〟な頭をしており、カネも未来もないチンピラ然としていた。当時は野良犬みたいな顔つきだったが、今は血色もよく、笑顔を見せながら子供と遊んでいる。頭髪もきれいに短くカットしている。

昔と比べて丸くなった印象を覚えたが、先入観を抱くべきではないと、自分に言い聞かせる。

ちらりと部屋を覗いただけだったが、それ以外にも興味深いアイテムがあった。テーブルにはブルガリの長財布が置かれ、畳のうえにはグッチのトートバッグがあった。テレビモニターだけでなく、茶の間の隅には、デスクトップのパソコンもある。有機溶剤を盗んでいたときより、ずいぶんと羽振りがよさそうだった。

隣の寝室と思しき部屋に目をやった。六畳間のほとんどが、大きな段ボールで占められている。現在の彼のシノギがなんなのか、わかったような気がした。

水戸が杉田宅をぐるりと一周し、塔子に向かって首を横に振ってみせた。スーパーカブは見当たらないという。玄関には子供用の自転車とママチャリがあるのみだ。

玄関のチャイムを鳴らして呼びかけた。

「ごめんください。杉田永吉さんはご在宅でしょうか」

杉田はゲームに熱中していたが、玄関のガラス戸を強めに叩くと、面倒臭そうに床を踏みならしながら玄関へと近づいてきた。

「どこの宅配便だ、えらく遅いじゃねえか」

杉田が、むすっとした顔でガラス戸を開けた。パンツスーツ姿の塔子に目を剝く。

「誰だ、お前……宗教団体か」

「警察よ。バイクはどこ?」

効果があった。いきなり質問を投げつけられ、杉田は大きく上体をそらして表情を強張(こわば)らせた。

杉田は視線をさまよわせた。

「ああ？　バイクってなんだよ」

塔子は首を傾げながら告げた。

「これは不思議議ね。とぼけるってことは、なにかやましいことでもあるの？　あなたが区内の元新聞販売店から、三台のオンボロバイクを譲ってもらったのはわかっているのに」

杉田は顔をうつむかせた。

塔子らは舎人にある元新聞販売店を訪れ、経営者だった老人からバイク売却の件について話を聞いている。

老人は、最初こそバイク買取業者に売るつもりでいたが、二束三文の値段しかつかず、手放すのをためらっていたときに、杉田が業者よりも高く買うと申し出た。廃車手続きを済ませ、廃車証や譲渡証明書といった書類を杉田に渡し、彼から現金を受け取っていると証言した。

警察手帳を見せながらつめよった。

「聞かせてくれないかしら。べつに盗んだわけでもなく、まっとうな手段でバイクを入手している。どうしてとぼけたり、修理に持ち込んだバイクショップで偽名を使ったの？　田中さん」

「し、知らねえ。なんだよそれは。誰かと間違ってんだろう」

「間違いようがないのよ。このあたりじゃ、あなたはヤンチャで知られた有名人みたいだもの。偽名まで使ったということは、なにかヤバいことでもしたの？」

「知らねえっつってんだろ」

寝室のほうに目をやった。

「すごいダンボールの量ね。今のお仕事は、バイクの件も合わせて考えれば、転売屋ってところかしら」

杉田は驚いたように目を見開いた。どうやら図星だったらしい。

「中古品を扱ってるからには、古物商許可証はもちろん持ってるんでしょうね」

杉田は顔をまっ赤にしながら身体を震わせた。

危険な気配を感じ、塔子はいつでも対応できるように、杉田の視線や表情を注視する。

杉田が動いた。塔子に背を向けて廊下を駆けだし、台所へと入っていく。

すかさず地面を蹴って、土足のまま廊下へ上がりこんだ。一気に距離を縮める。

だが、杉田の息子が茶の間から廊下へ出てきた。頭にヘッドセットをつけ、コントローラーを手にしていた。危うくぶつかりそうになり、避けるために壁に貼りついて移動した。スーツを壁に擦りつけた。足をもつれさせながら台所へ。

台所に勝手口があるのを把握していた。杉田が勝手口のドアに触れる。

「水戸！」

勝手口には水戸を待機させていた。挟撃しようと目論む。

杉田が勝手口のドアを開けると、水戸が武蔵坊弁慶のように仁王立ちしていた。杉田を逃すまいと両腕を横に広げる。

しかし、杉田が土間に降りるさい、身体のバランスを大きく崩した。前傾姿勢になり、額を水戸の胸にぶつけて、うつ伏せに倒れた。水戸は予期せぬ動きに対応できず、もろに杉田の頭突きを喰らう形となった。

杉田は地面に腹を打ちつけたが、よほど必死らしく、犬みたいに四つ足になって地を蹴った。再び立ち上がり、ふらつきながらも逃げようとする。

一方の水戸は、鳩尾にダメージを負ったらしく、胸を押さえたままうずくまった。有力な情報をもたらした功労者で、その成長を微笑ましく思えたものだが、荒っぽい場面ではまだまだと言わざるを得ない。

塔子は勝手口を飛び出し、杉田を引き続き追った。この家に来るにあたり、今夜はもっとも軽いスニーカーを選んでいた。ジョギングや柔道といった鍛錬も欠かしていない。

杉田は裸足でアスファルトを駆けていた。転んだ衝撃もあって、脚をふらつかせている。

住宅街なのは不幸中の幸いだった。繁華街であれば、無茶な逃亡が災いとなり、逃亡者が車にはねられるケースがある。人の行き交いが激しければ、相手を見失いかねない。

「止まりなさい！」

両手を大きく振って、さらに速度をあげると、杉田との距離をつめた。

杉田はひいひいと苦しげに息をしていた。スウェットの膝（ひざ）のあたりが破けている。それでも止まる様子を見せない。

塔子は腰をかがめて、後ろから飛びかかった。タックルを仕かけ、杉田の両脚を捕える。

杉田の身体が傾き、再び地面に衝突した。塔子の下半身もアスファルトに擦られ、前腕はスーツを通じて摩擦（まさつ）熱を感じた。

彼の両足が腹に当たって息がつまる。痛みには慣れている。動きを止めることなく、倒れている杉田にヘッドロックをかけた。腕の内側で頬骨を思いきり締め上げると、彼は苦しげにうめく。

杉田の顔を締めつけながら囁いた。

「公務執行妨害と暴行の現行犯、それに古物営業法違反ってところね。前科もあるし、子供にお別れの挨拶をしたほうがいいかも」

「か、勘弁してくれ！　おれはなにも知ら――」

「これ以上、ムカつかせないでくれる？」

腕にさらに力をこめた。手首の骨で杉田の頬骨をゴリゴリと擦る。杉田が繰り返しタップをする。

後を追ってきた水戸が、彼の腕を後ろに回し、手錠をかけようとする。

「ま、待ってくれ。スジ者だ、スジ者に売った！」

水戸と目でうなずきあった。西新井署に連絡するように無言で命じる。

住民が何事かと窓を開け、路上へと出てきた。ヘッドロックを解いて、涙をこぼす杉田に告げる。

「手錠をかけた姿を息子に見られたくなかったら、しらばっくれることなく教えて」

杉田はがっくりとうなだれた。

逃亡する気を失っているようだった。心肺機能が限界を迎えているようで、ひいひいと苦しげに呼吸をしている。顎を擦りむき、血と汗がしたたり落ちている。

塔子のスーツもひどい有様だった。タックルをかましたおかげで、膝に穴が開き、腕のあたりの生地はボロボロだ。フロントボタンや袖ボタンのいくつかが消え失せている。

靴のセレクトは間違いなかったようだが、スーツのほうは失敗と言わざるを得ない。まだ半年も着ていないオーダーメイドだ。

しかし、スーツをダメにした分、大きな収穫もあった。

捜査本部は、射殺事件を当然ながら華岡組の内部抗争と見なし、対立組織である西勘組犯行説の線で動いていた。それを裏づけるような重要証言を得られたのだ。

犯行に使われた同型のバイクを、杉田を通じて暴力団員が入手していた。とても偶然とは片づけられない話だ。

西新井署のパトカーが赤色灯を回しながらやって来た。夜空が赤く染まり、制服警官たちが降りてくる。

グズグズはしていられない。杉田が冷静さを取り戻す前に、すべて吐き出させてやる。

塔子は気合を入れ直した。

5

「優秀な警官(ポリ)と聞いてたんだが、水割りの作り方はヘタクソだな」

大隅は麦焼酎(むぎじようちゆう)の水割りを啜(すす)ると、まずそうに顔をしかめた。ペットボトルの水をグラスに注ぎ、マドラーで掻き回す。

「おれは薄めのアメリカンが好きなんだ。他の女の作り方を見てなかったのか?」

美波はマドラーを突きつけられた。

「作り直しましょうか?」

「けっこうだよ。そっちの刑事さんが怖い顔してるんでな」

横にいた友成がしかめっ面をしていた。今にもキレそうな顔をしていたため、軽く肘(ひじ)を突(つ)いて注意を促した。

「自分が警部補の班長さんだからって、こういう仕事もおろそかにしちゃいかんと思うね。おれもさんざん親分のボディガードをやったもんだが、日本茶の温度から濃さ、コーヒーの淹れ方にまで気を配ったもんだ。石田三成もびっくりってなくらいにな。調味料まで持ち歩いてたんだぜ。親分は辛いもんが好きでな。なんにでも一味唐辛子をかけるもんで、防弾カバンと岐阜産の一味唐辛子を欠かさず持ち歩いてた」

大隅はホステスの肩を抱いて言った。

「中卒のお前だって、おれのタバコの銘柄や水割りの好みぐらい、ちゃんと知ってるよな」

「知ってるー。おっぱい大きな娘が好きだってのも」

「よくわかってるじゃねえか」

大隅はニヤケながらホステスの胸を揉んだ。ホステスがきゃあきゃあと騒ぐ。

美波たちがいるのは、新橋のキャバクラだ。オーナーは大隅であって、彼とともに店に入ると、黒服を着た店員がなにも言わずに奥の個室へと案内した。大隅が調子よく続けた。

「あんたらが屈強な肉体の持ち主なのはわかるぜ。鷹のような目を持ってることもな。だけどよ、護衛ってのは警護対象者と信頼関係を築いて、初めて任務をこなせるもんだ。そうだろう？」

「そのとおりだ。しかし、あんたは初めて会ったときから、我々を挑発しっ放しだ。あんたは親分ではないし、班長はホステスじゃない。信頼関係を築くつもりがあるのか、はなはだ疑問だ」

友成が静かに答えた。とはいえ、怒りで言葉が震えている。

「おれは親切に教えてやっただけさ。あんたらが接するのは、おれらみたいな面倒くさいヤクザ者だろう。いちゃもんをつけられないよう、貴重な情報を提供してやったつもりだけどな」

ホステスが大隅の調子に合わせた。

「ですよねー。水割りくらいいちゃんと作れないと――」

友成がホステスを睨みつけた。マル暴刑事から鋭い視線を投げかけられ、彼女は臆したように言葉を呑みこむ。

「刑事さん、そんな怖い顔するなよ。あんたらはおれたちと違って、耐え忍ぶことを知らねえ。そんな調子じゃ、怯えて口が利けなくなっちまう」

大隅はホステスを抱き寄せた。彼女が同意するように何度もうなずく。友成は渋い顔つきでふたりを見つめる。

美波は思った。この場に本田がいなくてよかったと。血気盛んな彼であれば、とうの昔にテーブルをひっくり返そうとしただろう。今は警察車両から、キャバクラの入口を見張らせている。

美波は微笑みを浮かべた。

「水割りの作り方、学ばせていただきました。ついでに、なぜ奥心会から足を洗ったのかも教えていただけませんか?」

「洗ったんじゃなくて、洗わされたんだよ。そのあたりは、あんたらも聞いてるだろう」

「あくまで、身上調査書や伝聞という形でしか見聞きしていないものですから。大隅さんが仰るとおり、我々としても信頼関係を構築したいのです。ささいな情報でも齟齬があれば、そこから誤解が生じかねませんので」

大隅はホステスにタバコを買いに行くように命じた。

彼女は話のキナ臭さを感じ取ったらしく、緩んだ笑顔を見せながらも、そそくさと個室を出て行った。

ホステスが個室から出て行くと、大隅はつまらなそうに口を開いた。

「よくある話だ。むかつく上役の悪事をバラして、組から追い出したのはいいが、その返り血をモロに浴びて、おれまで不忠者扱いされたのさ」

奥心会の理事だった大隅は、抜きんでた経済力を持ち、エリート街道を行く極道として名を売り、さらに〝むかつく上役〟の理事長である山根の悪行を警視庁に密告したのだ。

山根はご法度とされている覚せい剤を扱い、しかも女子高生や未成年とのセックスのさいに使用しており、年端(としは)もいかぬ少女の腕や太腿に注射までしていたという。

警視庁は山根の外道(げどう)ぶりをメディアにリークし、新聞や週刊誌は詳細に書き立てた。事態を重く見た奥心会は、拘置所にいる彼を破門にした。

しかし、同会の内部調査により、密告者が大隅と判明。警察と通じた裏切り者として、山根よりも重い絶縁処分となった。

大隅は水割りで口を湿(しめ)らせた。

「てめえは覚せい剤(シャブ)で太く儲けて、ガキ向けのファッション雑誌に出てる読モとキメセク三昧(ざんまい)だってのに、義理だの臨時徴収だのと、あれこれ名目つけては、下の者から搾(しぼ)り取ってばかりいやがった。まるで太平洋戦争末期みたいな有様だ。六甲華岡組との戦争って名目で、釣鐘(つりがね)だの銅像だのまで根こそぎ持っていこうとした時代と似てるよ。カネが作れなきゃ、女房や娘を風呂に沈めろ、腕のひとつでも切り落として保険金を詐取(さしゅ)しろ。覚せい剤のやり過ぎで、頭までイカレちまったのか、あまりに無茶ばっか言ってたもんだから、野郎が真っ裸で逮捕(パク)られたときは、若い者から幹部までが全員で大爆笑したもんさ。組のためを思ってやった忠君の士だってのに、おれは詰腹(つめばら)を切らされて永久追放だ」

彼は手刀で自分の首を斬る真似をした。美波は頬を指で掻いた。

「そこに疑問を感じたんです」

「どこにだって？」

「警視庁への通報のおかげで、山根理事長にきついお灸を据えることができた。でも、彼の別宅まで知っていた者は、奥心会のなかでも限られていたと聞いてます。内部調査をされれば、すぐにあなたの名が浮上するでしょう。そうなるのも予想できたはずです」

大隅はニヤリと笑った。頭を指さす。

「さすが班長さんともなると、ココの出来がやっぱり違うな。つまり、そういうことだ。クソ偉そうなロリコンヤクザに赤っ恥を掻かせてやれたし、そのうえカタギにもなれた。昔は六角の代紋といや、泣く子も黙る金看板だったろうが、今じゃ商売の足を引っ張るだけの代物でしかねえ。おれの組は解散となったけどな、あいにく組員なんてのは行き場のない年寄りか、刑務所ボケしてるやつしかいねえ。有能なやつは端から盃なんかやってなかった。カタギのまま働かせるか、足を洗わせてまっとうな事業をやらせて、太く稼がせていたよ。ここの店長だってそうだ」

「理事にまで出世をしたのに、商売上の理由から、あっさりその立場も捨て去ったわけですか」

大隅の口を開かせるため、あえてなにも知らないフリをし、驚いてみせた。

「中途半端に出世すりゃ、警察の注意を引くだけだ。理事になってから、私文書偽造に携帯電話の詐取だのと、くだらない理由で何度もブタ箱に放りこまれた。おまけに理事ともなれば、幹部会だのなんだのと呼び出しも喰らえば、親分のお供で名古屋や神戸にも足を運ばなきゃならなくなる。シノギをやってる暇もねえ。肩書きだけは一丁前だが、いいことなんかありゃしねえのさ」

美波は相槌を打った。

大隅は癖の強い男ではあったが、酒も入ったせいか、絶縁にいたる裏事情を告白してくれた。つまり、組織との縁を切るため、バレるのを承知で理事長を警察に売ったのだ。

昭和のころであれば、そんな大胆な裏切り行為をすれば、命を失いかねない。どこかの廃屋で激しいリンチに遭うか、魚のエサにでもされていただろう。しかし、組織がそんなケジメをつけさせようとすれば、今は警察が黙ってはいない。それを口実に、組員らをのきなみ逮捕する。内戦状態にある華岡組系となれば、なおさらだった。

警察組織は、華岡組を無力化しようと力を注いでいる。彼らの武器である暴力を封じ、あらゆる法律を適用して、拘置所や刑務所に放りこもうと手ぐすねを引いている。司法もヤクザが相手となれば、容赦なく罰を下す。

組織が攻撃にさらされれば、その痛みや苦しみは下の者へと向かう。シノギができず、上納金の支払いに行きづまり、もはや代紋も盃も知ったことではないと、大隅のように組織を売る者も少なくない。

美波はウーロン茶を口に含んでから尋ねた。

「しかし、足を洗うのに迷ったりはしませんでしたか?　渡世への未練はもちろんですが、カタギになれば嫌がらせもある。現に、襲撃もされてます」

「ないな」

大隅は即答した。

「今まで稼業人をやってきたのも、単なる意地と虚勢に過ぎねえよ。このタイミングで辞めたのも、今だったら戦争に忙しくて、おれへの嫌がらせ(イヤキチ)どころじゃないと思ったからだ。業平一家の平井が命(タマ)取られて、どっちの華岡組の事務所も自宅も、警察(サツ)がぴったり張りついてる。それでも襲ってくるやつがいるんだから、おれもたいした人気者だよ」

彼はさも愉快そうに笑った。

友成が不機嫌そうに眉をひそめる。私利私欲で組織をさんざん引っ掻き回したツケを、なぜおれたち警察が払わなきゃならない。そう言いたげだ。

「暴対法のせいで、当分はヤクザ扱いされるだろうが、こう見えても、けっこうな税金納めてるんだ。しっかり守ってくれよな。そうすりゃ、善良な市民として、当局に対して惜しみなく協力してやるさ」

「わかりました」

美波はうなずいた。

辛抱(しんぼう)強く耐えるしかないと、すでに腹をくくっているせいか、冷静さを失わずに済んだ。

警護課のセキュリティポリスにしても、身辺警戒員にしても、警護対象者が聖人君子である例などほぼない。むしろ、美波たちの場合は、脅迫や暴力に怯え、すっかり平常心を失っている者が少なくない。

場合によっては警備どころか、後ろから殴りつけたくなるときもある。警護対象者の傲慢さやわがまま、身勝手な振る舞いにも対応できる胆力や辛抱強さを買われ、女だてらに専従班の班長に選ばれたのだ。

美波は前のめりになって声をひそめた。

「警視庁本部でもお尋ねしましたが、犯人の心当たりに関して、改めて聞かせていただけませんか？」

「今ここでか？」

大隅は面倒臭そうに口を曲げた。

「ご自宅のほうがよろしいですか？　それとも、近くの警察署にでも？」

「……澄ました顔でえぐい提案するな。明日にしようぜ。心当たりがいっぱいあると言ったよな。ありゃハッタリじゃねえんだ。一から話していったら朝になっちまう」

「朝になっても、こちらはかまいません」

バッグからメモ帳を取り出した。友成もタブレット端末を取り出す。

「……マジかよ」

うんざり顔の大隅に構わず続けた。

「これまでの経緯を考えて、牛込署は襲撃者を、山根組関係者と見ているようです」

山根組とは、理事長の山根がトップの四次団体だ。奥心会ナンバー2の組織とあって、奥心会のなかでは強い影響力を持っていたが、山根の不祥事と逮捕によって、同組の権威は失墜したと見られている。

山根は同会から破門され、今は若頭だった人物が組長代行という肩書きを背負い、組を切り盛りしているものの、さっそく構成員が逃げ出しているとの情報も入っている。ゆくゆくは山根が奥心会の跡を継ぎ、上部団体の東堂会の直参に取り立てられ、同組の幹部らも山根に続いて出世するものと踏んでいたはずだった。

しかし、大隅の密告によって、同会の権勢は地に落ちた。警視庁は、大隅への報復を企てる構成員がいるものと睨んでいた。組対四課も同様で、山根の兄弟分や子分など、彼に近しい奥心会関係者による犯行と読んでいる。

大隅は腕組みをして空を睨んだ。

「わかんねえんだよなあ」

「初めてお会いしたときも、あなたは奥心会の関与に疑問符をつけてらっしゃいましたね」

美波は不思議そうに首をひねってみせた。

じっさい、ついさっきまで山根を罵倒し、かつて在籍していた組織を舌鋒鋭く批判していたが、襲撃犯の話になった途端に言葉を濁す。その理由について知りたかった。最低でも襲撃犯の目星がつかないかぎり、大隅の警護がそれだけ長引くことになる。その間に本田や友成が、彼とトラブルを起こしかねない。

その友成も同じ疑問を抱いていたらしく、タブレット端末を手にしたまま、射るような目で見つめていた。

大隅は頭を掻いた。

「まったく。なんだか取り調べ室に放りこまれた気分だ」

美波は彼のグラスを手に取り、トングでロックアイスを入れた。彼好みのアメリカンな水割りを作る。

「取り調べであれば、刑事がお酒を作ることなんてないですし、なんでしたら、女の子も交えていただいても、こちらはなんの問題もありません」

「冗談じゃねえ。女の前で話せるかよ」

大隅は水割りを勢いよく呑んだ。

「……班長さん、今度は薄すぎだぜ。それと、そっちの部長刑事さん、目つきが悪すぎだ」

「精進します」

美波は微笑んでみせた。友成の視線は、相変わらず鋭いままだった。

「言っておくが、別に古巣をかばっているんじゃない。むしろ、罪をテキトウにでっちあげて、あいつらを逮捕(パク)ってほしいとさえ思ってるんだ」

「では——」

「奥西や山根は、悪ガキのころから知っている。同じ親分のもとで部屋住みの修業もしてきた。そこで極道の美学ってもんを叩きこまれたもんだ」

黙って耳を傾けた。兄貴分を警察に売っておきながら、美学もへったくれもないだろうに。喉元(のどもと)まで言葉が出そうになるのを呑みこんだ。

「あんたらの本音はわかってる。ロリコンのシャブ極道と、身内を売るような密告ヤクザが、美学なんて笑わせるなって言いたいところだろうけどよ」

「大隅さんらは、あの伝説の俠客(きょうかく)、蔵田亮二郎(くらたりょうじろう)の子分でしたね」

「まあな」

彼や奥西らが、同じ時期に渡世入りしたのは、組対三課の暴力団対策情報係のファイルで確認できた。

約三十年前、大隅は高校を中退して、キックボクシングの道に進んだが、興行師である東堂会系蔵田会の長、蔵田亮二郎に可愛がられて、ヤクザの道を歩むようになった。

奥西と山根は、神奈川県内で〝ヤクザ養成所〟と陰口を叩かれるほど荒れていた工業高校で番を張っており、同校の卒業生である暴力団員からスカウトされた。彼らが部屋住み修業をしたのは、奥心会の前身である蔵田会なる組織だった。

同会は蔵田を親分とし、新橋の顔役として名を売っていた。穏和な性格でありながら、その一方で、バブル期には一晩で十億単位のカネが動くほどの大きな賭場を開き、伝説の博徒として知られていた。

蔵田は薬物密売を固く禁じ、地元愛宕署とも協力関係を築くなど、古株のマル暴刑事のなかには、ひそかに本物の侠客と評価する者もいた。九年前に蔵田が死去し、彼の娘と結婚していた奥西が跡を継ぐと、組織の名前は奥心会に改められた。

大隅は焼酎のグラスに目を落とした。指でロックアイスを掻き回す。

「腐っても鯛ってやつだ。華岡同士が激しくやり合ってる最中に、カタギになったおれなんかを襲ったとなりゃ、業界からなにやってんだと笑われるだけだ。名古屋の本家からも雷が落ちる。山根のところだって、恥ぐらいの感覚は残ってるよ。こんなときに、親分が淫行と覚せい剤で捕まったんだ。名誉を挽回するため、おれなんかじゃなく、六甲側の人間を狙うのがスジってもんだ」

「なるほど」

うなずきながらメモを取った。腑に落ちたわけではないが、一定の説得力はある。

奥心会を含めた上部団体の東堂会、それに敵側の六甲側の事務所にも、警視庁は機動隊を動員し、事務所や関連施設を見張っている。身内をふたりも射殺された東堂会となれば、厳しい監視を掻いくぐってでも、六甲側に報復しなければならない立場にある。極道社会から放り出された大隅に構っている暇などないのかもしれない。

しかし、人間は論理的に動かない生物であり、ヤクザはその最たるものといえた。親や組織の命令を聞かず、私怨を暴発させて事件を起こす者を大勢見てきてもいる。

友成が咳払いをした。

「だとすれば、誰がやったと？」

「あんた、人の話を聞いていたのか。心当たりがありすぎるって言ってるだろう」

美波が間に入る。

「六甲側の犯行も考えられますね。組織を追われたとはいえ、あなたは理事長の秘密をも知る情報通だった。身柄をさらって、奥心会や東堂会の内情を問いつめる気でいたのかも」

「それも考えられる。ただ、こんな話もしただろう。今はカタギのほうが粗暴で、おれが業界から追放されたもんだから、投資話から手を引きたいと言いだしたやつもいると」

「ぞろぞろとコワモテの社員連れた社長さんもずいぶんいたと、仰ってましたね」

「おまけに九州の外兄弟からも言われたよ。関東の枝とはいえ、華岡の人間とつきあっておけば損はねえと思ったんだろう。『おいは六角の代紋に投資したんであって、お前に投資したんじゃなか」とかぬかしやがった。あいつらは警察の顔色も損得勘定も考えないでドンパチやるような超武闘派だ。東京までやって来て、おれの身柄をさらおうとしても不思議じゃない」

彼の外兄弟とは福岡の郷双連合系の幹部を指した。

郷双連合は、高度成長期に華岡組の侵攻をふせぎ、関東の広域暴力団である印旛会とも衝突した経緯がある戦闘集団だ。二〇〇〇年代半ばには、激しい内部抗争を展開し、そのさいには爆弾や機関銃を用い、類を見ない凶暴性を見せている。

「ふたつの華岡組、それに郷双連合。それにスジの悪そうなカタギさんたち。四面楚歌ですね」

「だろう？」

大隅はなぜか自慢げな顔で答えた。

極道社会が嫌になったからといって、激しい内部抗争をしている時期に、兄貴分を当局に売って恨みを買うなど、自業自得としかいえないが、当の本人は涼しい顔をしていた。

食欲も旺盛なようで、テーブルに並んだ出前のオードブルや寿司を、話をしながら口にポイポイと放っていた。大隅が四面楚歌の状態にあるのではなく、周囲が大隅に翻弄されていると形容するのが正しいような気がした。むろん、それには美波たち身辺警戒員も含まれる。

彼は寿司桶からイクラをつまんだ。うまそうに食べる。

「というわけで、詳しく語ったらいつまでかかるかわからねえ。だから、明日からでもゆっくり話そうと申し出たんだが、やっぱり今からやるのかい？」

「お願いします。心当たりがありそうな方をひとり残らず教えてください」

美波は望むところだといった調子で、ボールペンをノックしてみせた。

6

美波らはミニバンを降りた。

疲労でだいぶ足が重かった。腕時計に目を落とすと、午前三時を回っている。他のメンバーたちも疲労が隠せないようだ。とくに友成は、タブレット端末を睨み続けたためか、目をしょぼつかせている。

「公僕のみなさん！　ご苦労、ご苦労！」

大隅もミニバンを降りると、陽気に手を振った。

場所は晴海のマンション前だ。客船ターミナルからも近い位置にあり、深夜のこの時間は冷たい海風が吹きつけてくる。大酒を喰らった大隅だけが、ワイシャツのボタンをいくつも外し、額にうっすらと汗をにじませていた。

一から話したら朝になっちまうと、ぼやいていた大隅だったが、夜明けを迎えるまでには至らなかった。

ただし、長時間だったことに変わりなく、ときおり聞くに堪えないオヤジギャグや下ネタのジョーク、それに露骨な挑発が、美波たちの神経を逆なでした。

「昨日の敵は今日の友！　あんたらとは長く長くつきあいたいもんだ！」

美波は人差し指を口にあてて注意した。

「時間も時間ですから、もう少し声のボリュームを」

「おいおい、誰のおかげで、こんな時間になったと思ってんだ。まあいい、こんな送迎サービスもついてるんだ。タクシー代も節約できて万々歳だよ」

彼は千鳥足でマンションの玄関ドアをくぐった。

そこは二重の扉で仕切られ、奥はオートロックの自動ドアになっている。管理人が常駐しているわけではないが、かといってセキュリティが格別緩いわけでもなかった。住民のほとんどは家庭のあるサラリーマンで、入口やエレベーターには監視カメラが設置されている。

大隅は家庭を持っていなかった。何人かの情婦を抱えているが、男女の関係というよりビジネスパートナーの仲にあるという。

彼のオフィス自体は、新橋の一等地にあった。一千万を超えるレクサスのセダンも所有しており、数億の資産を有していると目されているものの、自宅自体はそっけないものだった。マンションは十二階建てだが、低層の三階に部屋がある。

「部屋の前までお送りします」

美波らが随行（ずいこう）しようとしたが、大隅はセンサーにカードキーをかざしながら首を横に振る。

「ここでいい。それより、朝九時にはきちんと迎えに来てくれよ。しこたま飲んだ次の日は、サウナで汗を流すと決めてるんでな」

「わかりました」

美波は同意しながらも、自動ドアをくぐると、一階のロビーやエレベーターのなかを確かめた。とくに人気はなく、蛍光灯が冷たくフロアを照らしている。

「では、私たちはこれで」

ひととおりチェックしてから、大隅に挨拶を済ませた。

「朝九時だぞ」

美波たちはマンションを後にし、ミニバンへと乗り込んだ。開口一番に運転席の本田が吠える。

「ふざけやがって」

今井も友成も苦虫を嚙み潰したような顔だ。美波は部下たちを労（ねぎら）った。

「ご苦労様。大隅(マルタイ)は癖の強い人だけど、交友関係や犯人像について、忌憚(きたん)なく打ち明けてる。さっそく、牛込署や他の部署とも情報を共有しておきましょう」

「どうですかね」

友成は眉根を指で押さえながら疑問を呈した。彼は美波とともに、ずっと大隅の語りにつきあい続けた。

「大隅の証言がガセだということ？」

「襲撃自体がガセなのではと」

彼はマンションを見やった。

大隅は、多くの人間から狙われていると語った。友成が指摘したのは、襲撃は大隅による自作自演ではないかという点だった。

否定はできない。大隅自身が多くの極道や闇紳士から狙われているのは事実だろう。代紋を背負っているうちは警察や社会から睨まれるが、それがなくなってしまえば、今度は裏社会から食い物にされる。

つい先日まで大親分として睨みを利かせていた人物が、極道を引退したとたん、忠義に厚かったはずの子分や舎弟から、家や財産をきれいにぶん捕られ、寂(さび)しい晩年を送ったケースなどざらにある。

現役バリバリだった大隅が、絶縁処分を喰らって組織から追われた。それは当局からの監視や業界の掟といった様々なシガラミからの解放を意味するが、同時に組織の庇護を失い、丸裸になったのを意味する。

丸裸になった大隅が、警察に新たな庇護者となってもらうため、一芝居打ったのではないか。友成はそう疑っているのだ。

本田がハンドルを叩いた。

「絶対、そうっすよ。明日っつうか、もう今日ですけど、サウナに閉じこめて吐かせましょう。しこたま汗掻かせれば、きっと自白します。なにが『タクシー代も節約できて万々歳』だ。桜田門をナメんなってんだよ」

美波はあえて好きに言わせた。

本田を始めとして、本気で大隅を拷問しようなどと企んでいるわけではない。身辺警戒員の専従班に選ばれるだけあって、忍耐力も人一倍タフにできている。

美波自身も友成と同じ疑いを抱いてもいた。足を洗ったがゆえに、様々な人間から狙われているのは事実だろう。暴追センターといった団体が、暴力団の脱退者に向けて、相談窓口や就職あっせんなどの支援をしているが、ヤクザの暴力や嫌がらせから守ってくれるわけではない。

大隅はキャバクラで大いに語ってくれたが、どこまでその話を信じていいものか、判断に苦慮する点がいくつもあった。

理事長の山根を警察に売った件にしても、彼は組を抜けるためにやったのだと打ち明けた。それが本当かはまだわからない。目のうえのタンコブである兄貴分を追い落とし、さらなる出世を目論んだものの、あっさりと策略が発覚して絶縁になっただけかもしれないのだ。

大隅は頭の回る男だ。出世するヤクザは、虚実を織り交ぜて人を信用させる能力に長けている。自分を大きく見せるためなら、一般人には考えられないような芝居を打ってみせる。

六角の代紋を失った彼は、新たな庇護者を求めて警察を頼った。自分が特別な存在であると、警視庁に売り込むため、まずは自分を何者かに襲わせた……。

美波の事情聴取にも応じてみせ、古巣の奥心会だけでなく、九州の郷双連合といった名前を出したのも、やはり自分を情報提供者として使える人間と売り込むためのパフォーマンスだったのではないか。

大隅の話に耳を傾けながら、何度か疑いの目を向けそうになったのは事実だ。

「大隅が教えてくれた情報に関しては、他の部署に伝えて、しっかり精査してもらいましょう。かりに、大隅が襲撃をでっちあげたのだとしても、いろんな人物の恨みを買っていても不思議じゃないから、我々としては抜かりなく警備をするだけ。決して腐らないように」

助手席の今井がうなずいた。

「我々も、それとなく大隅とコミュニケーションを図ってみます。そのうちボロが出っかもしんねえがら」

「その意気よ。ともかく、今日は戻りましょう。少しでも仮眠を取らないと」

本田の肩を軽く叩き、出発するように促した。

しかし、彼はなかなか動こうとはしなかった。サイドウィンドウ越しに、マンションとは正反対の方向を見つめている。

「おい、まだふて腐れて――」

友成が文句をつけようとするのを手で制した。

美波らが乗るミニバンは、マンションの前を走る公道の路肩に停めていた。本田が見ていたのは、マンションの向かい側に位置するコインパーキングだ。

「なにかいた？」

「黒のＳＵＶの陰です」

本田は正面に向き直った。

後部座席の美波と友成が、本田に代わってコインパーキングに目をやった。後部の窓にはカーフィルムが貼ってあるため、外から様子はわからない。窓に額を押し当てて、コインパーキングを凝視した。

本田は喜怒哀楽の激しい若手で、ミスも少なくはないが、動物的な勘を持ち合わせている。交番勤務時代は、セールスマンに化けた空き巣や、ドラッグを隠し持った不審人物を次々に検挙しては名を上げた。

SUVは公道にもっとも近い位置に停車していた。料金などが明記された看板の裏だ。コインパーキングの敷地内に灯りはほとんどなく、濃い闇に覆われていた。車の見分けがつく程度で、人の姿までは確認できない。

「寄ってみてもいいすか」

「そうね」

本田の申し出を許可したそのときだった。SUVの物陰で動きがあった。黒いジャンパー姿の男が飛び出す。

「おいコラ!」

本田と友成がドアを開け放つと、ミニバンを降り立った。今井は無線マイクを摑み、通信センターに応援を要請する。

男は野球帽とマスクで顔を隠していた。動きはすばやく、コインパーキングの奥へと駆けていく。一方の本田らは、対向車線からの車で足止めを余儀なくされる。

今井に目で意志を伝え、美波もミニバンを降りた。

ただし、向かう先はコインパーキングではなく、警護対象者である大隅の部屋だ。不審者がひとりしか確認できない以上、全員で男を追いかけ回すわけにはいかない。

　美波は再び玄関ドアを潜り、インターフォンのボタンを押した。二十秒ほど待ったが、出る様子がないため、携帯端末を取り出し、大隅に電話をかける。

　大隅が電話に出た。外の異変には気づいていないのか、不機嫌そうにうなる。

〈おい、何事だ。インターフォンもあんたが鳴らしたのか？〉

「そちらに異常はありませんか？」

　冷静さを保つように心がけながら訊いた。それでも張りつめた声が出る。

〈なにか、あったのか？〉

「不審人物を見かけました。現在逃走中で、部下に追跡させています。つきましては、そちらの様子を伺いたいのですが」

〈おいおい、マジかよ……〉

　さすがの大隅も驚いたようだ。玄関の自動ドアを開けてくれた。

「私が行くまで、ドアはロックしたままで。ドアガードもかけておいてください」

　大隅に伝えると、中央のエレベーターには乗らず、隅に設置された階段を一段抜かしで駆け上がった。三階程度ならエレベーターよりも速い。

　夜風を浴びながら三階の通路を走った。通路が開放された外廊下のタイプで、ミニバンとコインパーキングが視界に入った。つまり、男がいた位置から、大隅が在宅しているのかを確認できるということだ。

コインパーキングの隣は、大隅の住処と似たような造りのマンションだった。男はそのマンションの敷地内に逃げたらしく、追っている本田らが、コインパーキングのフェンスを乗り越えようとしていた。

通路に人気がないのを確かめてから、大隅の部屋のドアをノックした。

「片桐です」

ドアガードや鍵が外れる音がし、それから扉が開けられた。

湯気が内側から漏れてきた。同時にボディソープの香りがした。大隅は風呂に入っていたらしく、頭髪が濡れており、バスローブを着用していた。

美波はすばやく部屋に入り、鍵とドアガードをかけた。大隅が矢継ぎ早に質問を飛ばしてくる。

「スジ者か？　一匹だけか？」

フローリングの床は頭髪同様に水で濡れていた。

バスローブを慌てて着こんだのか、胸元や脚が露になっており、太腿までびっしりと彫られた刺青（いれずみ）が見え隠れしていた。だが、右手に包丁を握り、タオルできつく巻いている。

「未だ逃亡中で不明ですが、我々や大隅さんを見張っていた可能性があります。今のところ、他に仲間は見当たりませんでしたが」

美波は無線を通じて、大隅の無事を伝えた。一方、本田らは男を見失ったと、ぜいぜいと息を切らせながら報告してきた。

美波は玄関の傍にあるトイレのドアに目をやり、無言で大隅に尋ねた。彼は首を横に振る。

トイレのドアを静かに開けた。洋式の便器があるのみで、誰も潜んではいない。美波はさらに訊いた。

「寝室のクローゼットやベランダは確認しましたか?」

「そんな暇あるか。ちょうどシャワーを浴び始めたとたんに、あんたからのチャイムだ」

「上がってもかまいませんか」

許可を求めつつも、靴を脱いでいた。大隅は口をへの字に曲げた。

「あんまり、じろじろ見ないでくれよ。おれにも羞恥心(しゅうち)ってものがある」

美波は濡れた床に注意しながらリビングへと歩んだ。室内を見渡す。

間取りはリビングと寝室だけとは聞いていたが、ひとりで暮らすには充分なほどの広さだった。大人ひとりがゆったり眠れそうなソファと、巨大な液晶モニターがある。

大隅の性格からすると、目のやり場に困るアダルトグッズやAVでも散乱しているかと思ったが、意外にも部屋は整頓(せいとん)されていた。壁際には大きな書棚があり、ぎっしりと書籍で埋まっている。興味をそそられたが、今はそれどころではない。

寝室にはクイーンサイズのベッドが鎮座している。こちらは生活感があふれており、ベッドの周辺には雑誌や新聞が散らばっていた。ナイトテーブルにはスコッチのボトルとグラスがある。ニコチンと男の加齢臭が漂う。

クローゼットの扉を静かに開け放つ。一畳分のスペースには、たくさんのスーツやジャケットが吊るされてあった。人の姿はない。

次にベランダへ移動した。窓を開けて確かめたが、小さなテーブルセットが置かれているだけだった。

「誰かいやがったか?」

大隅は収納を確かめていた。買い溜めてあるティッシュペーパーや洗剤といった消耗品、それにフィットネス用のエアロバイクやダンベルなどがあった。人が隠れている様子はない。

「いえ」

美波が答えると、彼は深々と息を吐いた。手にくくりつけていたタオルを解き、包丁をキッチンの流し台に置く。

「びびらせやがって。マトにかけられている以上、見張りのひとりやふたり、いてもおかしくはねえわな。ひととおり、見て回ったら帰ってくれねえかな。お縄になるようなブツは置いちゃいないが、家宅捜索でもねえのに、刑事さんに部屋をじろじろ見られるのはきつい」

　美波は彼の言葉にうなずきつつも、キッチンの前に移動した。ガス台や調理台の下にある台所収納の扉を次々と開け放った。山積みになったフライパンや鍋、調理用油や醤油といったボトル、それに中央区のゴミ袋がある。

　大隅はリビングのソファに腰を落とし、忌々しそうにタバコに火をつける。

「班長さん、ちょっと待て。そんなところに人が隠れられるかよ。どさくさにまぎれて、なに見てやがるんだ。あやしい野郎がいたのを口実に、おれの部屋を手あたり次第に漁る気じゃねえだろうな」

「確かめているのは、人だけじゃないです」

　大量に積まれたゴミ袋の束に触れた。

「あん?」

　応援が駆けつけたのか、警察車両のサイレンが聞こえた。窓に目をやると、夜空がパトランプで赤く染まっている。

　美波は既視感を覚えた。以前、警護対象者の自宅に盗聴器を仕かけられた経験がある。それと似た感覚だ。

　大隅は苦々しそうにベランダの窓から見下ろした。

「あーあ。派手にサイレンなんか鳴らしやがって。近所迷惑もいいところだ。ただでさえ、ヤクザだと白い目で見られてんのによ。そもそも、本当に見張りなんかいたのかよ。じつに、あんたら官のやりそうな意趣返し――」

「大隅さん」

美波は息を呑んだ。ゴミ袋をどかしてみると、その下に名刺入れほどの小さな物体があった。

透明なプラスチックケースのうえに、キッチンタイマーと二本の単三電池が貼りつけてあった。ケースのなかには小さな機械やモーターらしきものが見える。手を伸ばしかけたが、触れるわけにはいかない。

「な、なんだよ」

大隅も咥えタバコでキッチンに近寄ってきた。台所収納を覗きこんだ。彼は眉をひそめるだけだった。

「これに見覚えは?」

「ねえよ……なんだそいつは」

キッチンタイマーは、残り一時間十五分と表示され、一秒刻みでカウントダウンを行っていた。

「手製の時限式発火装置と思われます」

物体の正体を告げると、彼の口からタバコがこぼれ落ちた。

7

本庁の鑑識課員が、キッチンタイマーを停めて解説してくれた。

「時限式の発火装置ですが、中身は単純な造りではありますね。小学生の自由研究レベルです。ケースのなかにあるのは、使い捨てカメラのフラッシュの部分。これに針金を取りつけ、時間が来れば、モーターに取りつけた針金と接触させる」

大隅がうなった。

「おれは小学校もろくに行かなかったんでな。けっきょくのところ、それでどうなるってんだよ」

彼のご機嫌は斜めだった。

せっかく美波たちを小馬鹿にし続け、極道時代にたまった鬱憤を晴らし、気持ちよくベッドで眠ろうとしたが、時限式発火装置のおかげで、大嫌いな警官たちを部屋に招く羽目となった。今は鑑識課員たちが押し寄せ、室内を調べているところだ。

何者かがマンションの室内にまで侵入していたことになる。もし本田がコインパーキングの不審人物を目ざとく見つけず、美波が台所収納を開けていなければ、約一時間後にはマンションは炎に包まれていたのだ。他の住人をも巻きこむ大惨事になりかねなかった。

すでに巻きこんでいるともいえた。多くの警察車両や警官がマンションに駆けつけ、住民たちは眠りを妨げられ、機動捜査隊や月島署員から質問されていた。

大隅は顔を歪め、時限発火装置を指さした。

「こんなガキの手作りおもちゃみたいなもので、本当に火なんかつくのか？」

鑑識課員は大隅の横柄な態度にむっとしながらも、プラスチックケースからツノのように突き出た針金を指さした。

「発火する様子を見てもらうのが一番なんですが、これは重要な証拠品ですから。とにかくタイマーの時間が来れば、ショートを起こして火花が散るってわけです。ネットで調べれば、いくらでもこの手の動画が出てきますよ。それが可燃性のあるゴミ袋の下にあった。最低でもキッチンは黒焦げになっていたでしょう」

シャワーを浴びたとはいえ、大隅の身体からはきついアルコール臭がした。むやみに酒が強く、ひとりで麦焼酎を一本空け、ウイスキーもボトル半分ほどは飲んでいる。眠ったまま焼かれていたかもしれない。

火災に気づいて逃げ出せたとしても、美波たち身辺警戒員はいないのだ。外に避難した大隅は裸も同然で、身柄をさらうのはさほど難しくない。それこそが、コインパーキングの男の狙いに思えた。

時限発火装置は見かけこそ、ごく簡単な造りだったが、緻密な計画性を感じた。部屋への侵入方法はまだ不明だが、窓や玄関ドアを細工された様子はないらしい。月島署員がマンションの管理会社に連絡し、防犯カメラの録画データの提供を要請しているところだ。

惨事を未然に防げたとはいえ、手放しで喜んではいられなかった。本田らが男を懸命に追いかけたが、完全に姿を見失ってしまったため、美波は追跡を断念して戻るように命じていた。月島署や周辺各署が男の行方を探っているが、確保されたとの情報は入っていない。

コインパーキングの男が、時限発火装置を仕かけた犯人とは断定できないが、はっきりしているのは、大隅をここに住まわせるわけにはいかなくなったことだった。

「大隅さん、寝泊まりできる場所は他にありますか？」

彼は水道水を何度もコップに注ぎ、忌々しそうに飲み干した。手の甲で口をぬぐう。

「なんでだ。あんたら身辺警戒員もいて、こんなに頼もしそうなおまわりさんだらけじゃねえか。放火もあんたが防いでくれたし、すぐにでもベッドに潜りこみたいんだけどな」

美波はじっと見つめた。真剣な顔で決断を促す。

大隅は面倒臭そうに頭を掻いた。一筋縄ではいかない警護対象者には違いないが、決して愚かではなかった。事態の深刻さを理解している。

「新橋の事務所には布団がある。いつでも、オフィスラブができるように用意してるんだ。風呂はないが、あの界隈ならサウナもあるしな。だけど、そこもダメなんだろう？」

美波はうなずいてみせた。

窓から侵入した形跡がないとなれば、時限発火装置を仕かけた犯人は、玄関から出入りしたことになる。マンションの玄関はオートロック式で、ドアもこじ開けられた様子はない。合鍵を持っている可能性が高く、自由に室内へと入りこめたのだ。

「カードキーを持っている方は、他にもいらっしゃいますか？」

大隅は顎に手をやり、深刻な顔つきで答えた。

「いっぱいいるぜ。今の子猫ちゃんはもちろんだが、別れた愛人のなかには、鍵持ったまま消えちまったのもいるしよ。それに女だけとは限らねえ」

「男の愛人もいるんですか？」

大隅は呆れたように口を開けた。

「班長さん……疲れが溜まってるな。そっちの気はねえし、そういう意味じゃねえよ。どこぞのクラブに行けば、上着やカバンを預けていた。極道やってたときは、運転手していた若い者に持たせていたしよ。鍵をコピーしようと思えば、いくらでもできる環境にあったってことだ」

「この件ではっきりしたことがあります。犯人はあなたに強い殺意を抱いている。ただの嫌がらせや脅しとも違う」

「どうだろうな。本気で殺りたかったら、発火装置なんておもちゃを使わず、拳銃持って押し入ったほうが早い。ここを自由に出入りできたようだしよ。グースカ寝ているおれに、鉛(なまり)の弾(たま)をぶちこめばいいだけだ。なんだって、こんなまだるっこしいやり方をするんだろうな」

美波は首を横に振った。

「現時点ではなんとも言えません」

たしかに、時限発火装置などというのは過激派などが好むやり方であって、暴力団のやり口とは言い難かった。極道の美学に反する方法だ。犯人が暴力団関係者と断定はできないが、その美学をもかなぐり捨てて、彼を抹殺(まっさつ)しなければならないという、強い執念を感じさせた。しかも、正体を知られることなくだ。

あの時限発火装置は、特殊な部品はなにひとつ使われていない。カメラ店や百円ショップで集められるようなものばかりだ。

「犯人の意図はわかりませんが、ここにいては犯人に生殺与奪(せいさつよだつ)の権をむざむざ与えるようなものです。お疲れでしょうが、数日間は泊まれるだけの準備を」

「かったるいよなあ」

大隅はうんざり顔をした。平時に戻った途端、警官の指示には逆らってみせるのが、彼の習性のようだった。

「ここを離れられない事情でも？」

「あんたら警官はすぐそれだ。痛くもねえ腹を探ってきやがる。低層階のチンケな部屋だが、そうはいってもベッドは五つ星ホテルと同じでな。このベッドじゃねえと腰が痛みだす——」

大隅は、本棚を調べていた月島署員に怒鳴った。

「コラ、そこの。家宅捜索（ガサ）じゃあるまいし、あっちこっち触るんじゃねえよ。プレミア価格のついた写真集が何冊もあるんだ。総額百万はくだらねえレアものだぞ」

美波はそれとなく本棚に目を走らせた。

室内に入れたのは大きな収穫だった。住処は人を雄弁に物語る。

有名なヤクザを取り上げたノンフィクション、ヘアヌード写真集など、いかにも大隅が好みそうな本もあるが、大半は経営学に関する学術書で、洋書も多く混じっていた。

大学時代の友人に、経営学修士（MBA）の学位取得のため、アメリカのビジネススクールに通った外資系の商社マンがいた。彼の本棚とよく似ていた。

極道のなかには、当局と法廷で争うため、あるいは金融業といったシノギのため、学者並みに勉強熱心な者がいる。ただし、ごく一部に過ぎない。

六法全書や哲学書をずらっと取り揃え、インテリぶっているヤクザは少なくないが、たいていは自分を博識に見せるためのハッタリだ。分厚い書籍はただの飾りであり、読めもしないのに英字新聞を取っている親分もいたものだ。

　大隅もその部類に入りそうなものだが、書棚の本はひどくくたびれていた。ページがよれており、背表紙が破れ、付箋がびっしり貼られたものもある。熱心に読みこんでいた証拠だった。洋書の多くはフィリピンの地図やガイドブックの類だ。

「班長さん、身支度に取りかかるから、ホテルを手配してくれないか。そこいらの格安ビジネスホテルじゃないぜ。部屋にミニバーのある高級ホテルだ。上等なスコッチでもやらないと、眠れそうにない」

「手配するのはかまいませんが、支払いは大隅さん自身になりますよ」

　大隅は口を不満そうに尖らせた。

「おいおい、ここからずらかれと言ったのはあんただぞ」

「警察とつきあいがあるのなら、そのへんがきわめてシブいのはご存じかと」

「知らんよ。貴重な情報提供者を失ってもいいのか？　たかだか数日間のホテル代をケチったおかげで、東京での抗争事件が激化して、サクラの代紋にもっと傷がつくことになるかもしれんぞ」

　文句が喉元までこみ上げてきた。

　たかだか数日間のホテル代をケチっているのはどちらなのかと。路上での暴行事件に続いて、何者かに殺されそうになったというのに、宿泊代をめぐってゴネる元気があるとは。ずる賢い小人物という印象を抱いていたが、とんでもなく図太い男なのではないかと、評価が変わりつつあった。

「女性の家はどうなんですか？」

「おれの子猫ちゃんは臆病なんだ。おれがマトにかけられていると知って、それだけですでにびびってる。こんな夜遅くに、焼き殺されそうになったから匿ってくれと言って転がりこんだら、一発でノイローゼになっちまうよ」

「上とかけあってはみます。半蔵門に警察共済組合の保養所がありますから、そこでよければ」

「警官どもがうようよしてるところに泊まれってのかよ。それはそれで――」

「でしたら、全額自腹で好きな宿を取ってください」

交渉を断って玄関を出た。大隅とまともにつきあっていたら、朝を迎えてしまいそうだ。

外が騒がしかった。マンションの前の歩道で、複数の制服警官とスーツの男たちが揉めている。彼らは険しい表情でマンションに入らせろと、制服警官と押し問答を繰り広げていた。美波は階段を下りてマンションを出た。

「どうしたの」

制服警官のひとりに訊いた。

「大隅の会社の人間だと言っておりまして」

「大隅さんの？」

スーツの男たちは六人。しかし、ヤクザには見えなかった。全員が白のワイシャツに地味な色のスーツ姿で、ブレスレットやピアスといったアクセサリーは着けていない。髪の色もいじらず、ベルトも靴もごく普通だ。かといって、制服警官への怒気を見るかぎり、カタギにも見えない。

男たちに近づいた。彼らはみんな若い。会うのは初めてだったが、大隅の身上調査書などを通じて、それぞれの顔を頭に叩きこんでいた。もっとも地位の高い男に声をかける。

「〝大樹（おおき）エンタープライズ〟の方ね。大隅さんは無事よ」

大樹エンタープライズは新橋の飲食街にある大隅の会社だ。キャバクラ数店とフランチャイズチェーンのラーメン店やステーキ店、ウィークリーマンションや民泊施設の経営などを手がける多角化企業だ。

「誰だ、あんたは」

男は三十代半ばで、三つ揃いのスーツを身に着け、短い黒髪を整髪料でかっちり固めている。やり手のビジネスマンといった外見だ。名前は手島一紀（てじまかずき）という。大樹エンタープライズの営業部長だ。

「警視庁の片桐と言います。大隅さんの警備責任者です」

「……社長は女に守られてんのか。警察（サツ）はなにを考えてやがる」

大樹エンタープライズの社員は、盃をもらってはいないが、かといってクリーンな一般市民ともいえない。同社は大隅の企業舎弟で、シノギこそ合法的な事業ではあるが、極道だった大隅の懐を豊かにさせてきた。いわばグレーゾーンの住人であり、男たちはヤクザ顔負けの強烈な敵意を向けてきた。

「今は捜査中で部外者を入れるわけにはいきません。大隅さんはケガひとつしていないことですし、今夜はお引き取りください」

「社長は家に火までつけられそうになったんだろう。その前は襲撃だってされてる。あきらかに命を狙われてるのに、護衛してるのが女だと？　こいつはなんの冗談だ。元極道だからって、社長の命を軽く見てんじゃねえのか？」

「軽くなど見ていませんし、性別は関係ありません」

手島たちの鋭い視線を浴びながら、大隅の言葉を思い出した。

彼はつい先日まで大隅総業という一家を構えていた。しかし、使えるやつは端から盃なんかやらず、カタギのまま働かせるか、足を洗わせてまっとうな事業をやらせていたという。手島やこの男たちのことを指すのだろう。

若い男が吠えた。

「女じゃ弾除けにもなりゃしねえ」

美波は揶揄を無視し、あたりに注意を払った。

「手島部長さん」

名前を呼ばれて、手島は目を丸くした。美波は続けた。

「大隅さんを危険にさらしてるのはあなたがたのほうです。こんな夜中の路上でいちゃもんつけていたら近所迷惑ですし、こうして揉み合っている隙をついて、何者かが侵入を試みるかもしれない」

「その隙をなくすためにおれたちが来た。こっちにも警護をさせろ」

背後から声がした。

「ダメだ。女班長さんの言うとおり近所迷惑だ。とっとと事務所に戻って、シノギに精を出せ」

ジャージに着替えた大隅が、マンションから出て来て言った。美波は眉をひそめる。

「無断で外に出ないでください」

「そいつらを帰したら、すぐ戻るさ」

「社長。しかし――」

手島たちから怒気が消え、叱られた犬のごとく顔を悲しそうに歪めた。

「しかしもクソもねえ。お前らが護衛なんかしたら、誰がカネを稼ぐんだよ。せっかくタダのボディガードがついてるんだ。こんなところで騒いでも、一円にもなりゃしねえだろうが」

大隅はぴしゃりと言い放った。いかにも大隅らしい言い草だ。呆れ返ったものの、表情には出さなかった。

手島が頭を下げた。

「承知しました……ともかく社長が無事とわかって、ひとまず安心しました」

手島たちは回れ右をして引き返していった。美波は彼らの後ろ姿を見つめながら、大隅に話しかける。

「熱い社員をお持ちなんですね」

「どうだかな。忠誠心を見せつけて、給料を上げてもらおうって魂胆かもしれねえ」

彼は相変わらず憎まれ口を叩いた。

しかし、今夜の騒動で大隅の意外な一面を見ることができた。手島たちの行動はそんなデモンストレーションとは思えない。大隅の身を本気で案じ、護衛についているのが女とわかり、唖然(あぜん)とした表情を見せた。また、強烈な怒りも見て取れた。おれらの大事な親分に、女ごときが護衛につきやがって——男たちの表情が物語っていた。

大隅は組織を絶縁処分になった男だ。しかも、兄貴分を警察に売ったという理由で。暴力団を追い出された人間には、おおむね悲惨な未来が待っている。代紋という威光をなくし、組長という肩書きもなくなれば、忠誠を誓っていた子分からいきなり掌を返され、危害を加えられる例を多く目にしてきた。

奥心会から追放された大隅は、自分から進んで抜けたと自慢げに話をしていたが、美波は眉に唾をつけて聞いていた。ヤクザは見栄を張らずにはいられない生き物だ。とくに大隅はその傾向が強く、口八丁の〝フカシ〟と思われた。お世辞にも人望があるようにも見えなかったが、それだけに社員たちの必死さには驚かされた。

大隅に尋ねられた。

「それで、宿の件はどうなったんだ。お宅らが宿泊費を持ってくれるのか」

「イキのいい社員さんの相手で、それどころじゃありませんでした。ひとまず部屋で待っていてください」

「五つ星ホテルを頼むぜ」

制服警官に守られながら、大隅はマンションへと戻った。

マンションからわずかに離れた位置に、美波たちのミニバンがあった。疲れ切った顔をした本田たちが戻ってくる。放火を未然に防いだ立役者たちだが、一様に表情は冴えなかった。逃げた男を確保していれば、大隅の警護も終えられたかもしれなかったのだ。身を切るような冷たい海風が吹きつけていたが、部下たちはジャケットを脱ぎ、汗だくになった顔をタオルで拭っている。美波は労うようにうなずいてみせた。

ミニバンに乗りこんで電話をかけた。

上司の新谷に宿泊の件を告げると、ふだんは冷静な彼も呆れたように息を吐いた。

「警視庁に泣きついてくるくらいだ。小心な男とばかり思っていたが、意外にも腹の据わった男かもしれんな。焼き殺されそうになったというのに、宿代をめぐって交渉してくるとは。留置場であれば、何日でもいてもらってかまわんのだが」

「保養所には連絡しておく。今夜の宿くらいはどうにかなるだろう。この先、どうなるかはわからないが」

「もうひとつお願いしたいことがあります」

「どうした」

声の音量を下げた。

「大隅の渡航歴を洗っていただけませんか」

大隅の書棚について報告した。フィリピンの地図やガイドブックについてだ。ざっと数えただけでも二ダースはくだらなかった。それに、忠誠心にあふれた子分を持っていることも。

「わかった」

新谷は二つ返事で引き受けてくれた。

「叩けば埃の出る男だとは思っていたが、ずいぶん変わった種類の埃が出てきそうだな」

「我々が思い描いている人物像と異なるようです」

マンションを見上げながら答えた。

8

塔子が浅草署に戻ったのは、朝四時を過ぎてからだった。

浅草署には、平井組組長射殺事件の捜査本部が会議室に置かれている。

捜査本部にはまだ灯りがついていた。怪訝（けげん）に思って会議室のドアを開けると、広い室内には捜査一課の沢木啓一（さわきけいいち）管理官がいた。

殺人捜査のエキスパートで、血なまぐさい事件を扱ってきた叩き上げだが、タフな職人集団のなかにあって、大学教授のような知的な雰囲気を持った理論家だ。老眼鏡をかけ、チョッキ姿で書類を熱心に読んでいる姿は、やはり学者のようだった。ブラックのウィンドブレイカーを着た塔子とは、対照的な恰好であった。

沢木は驚いたように顔をあげた。

「どうした。こんな時間に」

「沢木さんこそ」

「うん、ちょっとね」

沢木は老眼鏡を外すと、両腕を伸ばしてストレッチをした。

彼の目の下に、くっきりとした隈ができていた。世間が注目する大事件を任せられることが多く、今回も予想に反して捜査が難航している。上からのプレッシャーもきつい。

「夜更かしは身体に毒です」

　塔子が諫めると、沢木は噴き出した。

「鬼刑事の難波さんに言われるとは。大立ち回りで負った傷は大丈夫なのか？」

「大立ち回りだなんて。ただの擦り傷です。たいしたことはありません」

　腕をさすってみせた。沢木の目が光る。

「新調したばかりのスーツをダメにしたと聞いて、きっと落ちこんでいるだろうと思っていたが、そうでもなさそうだ。なにか摑んだな」

「よろしいですか」

　沢木が隣のパイプ椅子を勧めた。

　パイプ椅子に腰かけ、メモ帳を開いた。西新井から月島の自宅に戻り、ケガの手当てと着替えを済ませて、浅草署に戻ってきた。自宅の寝床で休めばよかったが、一刻も早く誰かに聞いてほしかったのだ。捜査本部に沢木がいたのは幸運だった。

「犯人が使ったスーパーカブについてです。2012年型のビジネスタイプと同じものが、足立区の元新聞販売店から転売屋を通じて、暴力団の手に渡ってました」

「それは……」

沢木が目を丸くした。

西新井に赴いた塔子は、転売をシノギとしている杉田の口を割らせた。彼は自宅から逃亡を図り、そのさいに部下である水戸と激しく衝突した。

杉田にタックルを仕かけ、ヘッドロックで締め上げ、警察車両に引っ張りこむと、舎人にある元新聞販売店からオンボロバイク三台を買い取ったと自白した。

最大の焦点はどこの誰に、このバイクを売ったのかだった。警察車両のセダンに連れこまれると、塔子のヘッドロックに音をあげた杉田は、再び口を閉ざしかけた。

――スジ者に売ったと言ったでしょ。どこの組織？　六甲華岡組の系列？

――覚えてねえよ……。

しらばっくれる杉田に、再びヘッドロックを仕かけた。

――往生際の悪い野郎だな。子供が寂しがると思って、ここで話を聞いてやってるのによ。こうなったら気持ちよく絞め落としてやる。次に目を覚ましたときは、警察署の檻んなかだぞ。公務執行妨害に暴行、古物営業法違反で懲役背負わせてやる。前科もあるんだから、執行猶予なんて期待するなよ。

――ぼ、暴行はどっちだ！　冗談じゃねえぞ。

――水戸、胸の痛みは？

運転席にいる部下にすかさず訊いた。

阿吽の呼吸というやつで、水戸は苦しげに胸をさすっていた。逃亡する杉田を阻止しようとしたが、突進する彼の頭突きをもらっていた。

――こいつは、肋骨が何本かいかれたかもしれません。

――傷害も加わったのなら三年以上は固い。絞め落とされる前に、ここの風景を瞼に焼きつけな。当分は帰ってこれないから。

――あ、荒川、荒川環境保全だ！

杉田は叫んだ。

――なんだって？

記憶を漁ったが、聞き覚えのない会社だった。

平井組組長射殺事件は、敵対組織である六甲華岡組の犯行と睨み、関東にある傘下団体から企業舎弟まで頭に叩きこんでいたはずだった。

――荒川環境保全。というと……奥心会か？

水戸が顔を強張らせた。

荒川環境保全は、荒川区や足立区を中心に事業系一般廃棄物の運搬を手がける民間業者だ。水戸は捜査一課に引っ張られる前、千住署で働いていたためによく知っていた。

社長は奥心会系の元組員で、形のうえではカタギとなったが、五代目華岡組が扱う日用品やミネラルウォーターを大量購入し、奥心会の現役幹部と雀卓を囲むなど、今も交際を続けているという。奥心会の企業舎弟と見られていた。

杉田によれば、刑務所仲間を通じて、奥心会が単車を欲しがっているとの話を耳にし、荒田中なる偽名を使って元新聞販売店から買い取った。バイク店に修理をさせたうえで、荒川環境保全に売りさばいたとのことだった。

塔子は耳を疑った。杉田が売りさばいたスーパーカブが、平井射殺に使われたものとは断定できない。しかし、ヤクザの襲撃には、バイクは欠かせない道具となってもいる。敵対組織の構成員を拳銃で狙うときの必須アイテムだ。相手の命を奪うだけでなく、警察の目をかわさなければならないからだ。

敵の首級をあげ、凶器を持参して出頭しては、警察のメンツを立てる。長い別荘暮らしを済ませれば、一家を持たせてもらえる。そんな牧歌的な時代はとうに終わった。拳銃で相手を射殺したとなれば、無期か死刑は免れない。しかも、鉄砲玉が捕まれば、親分までが使用者責任を問われて逮捕されるのだ。暴力団は組をあげて、実行犯を全力で匿わなくてはならない。

激しい分裂抗争を展開させている関西では、ふたつの華岡組が単車を買い漁っている実態が明らかになっており、抗争による発砲事件では、二人乗りのビッグスクーターが活躍していた。

六甲側と対立する奥心会が、襲撃用にバイクを欲しがっていても不思議ではない。とはいえ、平井組長射殺事件に用いられたものとなれば、捜査本部の読みを根底から覆(くつがえ)されることになる。

奥心会の上部団体は、老舗暴力団である東堂会だ。東堂会は五代目華岡組の若頭補佐兼東京ブロック長として、首領(ドン)の琢磨栄から信頼を得ている。

傘下団体の奥心会も同様だった。在京の六甲側と小競り合いを繰り広げ、対決姿勢を鮮明にしている。殺害された平井が属する業平一家とは身内同士で、奥心会会長の奥西陽介と、被害者の平井とは渡世上、伯父(おじ)と甥(おい)の関係にある。

——奥心会がなんで身内を殺(や)るんだよ。くだらない与太を飛ばしやがって。

——おれだって知らねえよ、マジで知らねえって！

ヘッドロックで杉田の顔を万力のごとく締め上げた。

——慎重にモノを言えっての。人生を左右するほどの大事な選択だ。ここで洗いざらい話せば、あんたはこの場でリリース。たわ言を口にすれば、何年もシャバとはおさらばだ。

杉田をアメとムチで締め上げた。スーパーカブを奥心会の企業舎弟に売り飛ばしたこと以外の事実は知らないようだった。自分が売った単車が、射殺事件に使われたのではないかと、内心怯えていたという。

沢木は熱心に耳を傾けた。書類を読んでいたときこそ、疲れで瞳はくすんでいたが、今は輝きを取り戻している。合点がいったように相槌を打つ。

「やはり、そうか」

「『やはり』というと……以前から奥心会をマークしていたのですか？」

「ついさっき注目したばかりだ。被害者が属していた業平一家の構成員、それと六甲側で頭がいっぱいだった。眼中になかったよ」

沢木は書類を掲げた。

塔子が来るまで熱心に読んでいたものだった。奥心会のトップである奥西陽介と最高幹部たちの身上調査書だ。

「なぜこの会に」

「その様子だと、放火未遂の件をまだ知らないようだね」

「放火未遂？」

思わずオウム返しに訊いた。

「奥心会の理事だった大隅直樹という暴力団員が身内を売ったのがバレて、同会から絶縁されている。今はこの大隅を守るため、君の親友がぴったり張りついている」

沢木から身上調査書を渡された。

「美波が……」

美波が絡んでいると知って集中力が増した。

頭のなかで奥心会の人物相関図を作り上げた。トップの奥西と理事長だった山根昌平、大隅直樹に関する情報を頭に叩きこむ。

美波とは同期であり友人だった。塔子の父で元捜査一課長の難波達樹に目をかけられた警官でもある。難波達樹の教えを受けた者のグループは、難波学校と呼ばれている。美波もそのひとりだ。あるきっかけで長く絶交していたが、昨年初冬に起きた連続射殺事件を機に和解している。

とはいえ、依然として塔子にとっては永遠のライバルでもあった。美波は腕も勘も、塔子を上回る捜査官だ。七年前には、所轄の道場で喧嘩となり、テコンドーの達人である彼女の回し蹴りをまともに喰らって失神した過去もある。

奥心会の幹部の大隅なる男は奥心会内で出世を企み、目の上のたんこぶだった理事長の山根を追い落とした。警察に密告したのが内部調査ですぐに発覚し、極道社会から追放されたのだった。

カタギになってからも、大隅には受難が待っていた。数日前には、神楽坂で酒を飲んだ帰りに、バットやスタンガンで武装した男たちに襲われ、拉致されかけた。大隅は警察に泣きつき、自分が抱えている華岡組の情報を提供するかわりに、身の安全を保障してくれと迫って、美波が警護にあたることになったそうだ。

美波が率いる身辺警戒員のチームは、要人警護のＳＰにも劣らない実力を持つ。近づく不審人物を即座に発見し、銃火器を持った相手にも怯まない。昨年は、警護対象者を徹底してつけ狙う殺人鬼を逮捕し、〝鉄壁の槍〟と呼ばれるようになった。

今から約一時間前、大隅の自宅マンションから時限発火装置が発見された。発見したのは美波だという。彼女が見つけていなければ、今ごろはマンションすべてが炎に包まれていたかもしれない。友の活躍ぶりを聞いて血が騒いだ。

「おもしろい動きをしてますね」

奥心会の騒動と大隅に向けられた殺意を耳にし、塔子は言わずにはいられなかった。沢木が徹夜で資料に目を通していた理由もわかった。とても寝ている場合ではない。

「そうだろう？」

沢木は身上調査書を手の甲で叩いた。

捜査本部は六甲華岡組の犯行と見て、都内の構成員を手あたり次第にしょっぴいたが、とたんに行き詰まりを見せた。組員は揃って完全黙秘をし、事務所や関連事務所を家宅捜索しても、容疑者の絞りこみすらままならない。

本庁組対部や浅草署は、六甲側にいる情報提供者に、手あたり次第に当たっている。彼らは口々に言ってはいた。東京は関西と異なり、喧嘩沙汰や車両特攻は上層部に対するポーズに過ぎないと。組織を危険にさらしてまで、命のやり取りを考える者はいないと。これは五代目華岡組率いる名古屋勢と、六甲華岡組の神戸勢の戦争であって、東京の人間はといえば、火の粉をかぶらずにやりすごしたい。それが共通の本音だという。

それを裏づけるように、首都圏で発生しているのは、メンツを保つための小競り合いとしょぼい示威行為ばかりだ。平井組長射殺事件だけが突出しており、非情なまでの計画性と強烈な殺意を感じさせた。

「難波さんには、奥心会の内偵を進めてもらいたい。まだ多くの人数は割けそうにないが」

沢木が伏し目がちに答えた。塔子は胸を叩いた。

「任せてください。バイクの件に続いて、手柄を持ち帰ってみせます」

「頼もしいかぎりだ」

沢木の立場は痛いほどわかった。

実質的に捜査を仕切るのは沢木だが、浅草署の刑事課長や組対課長も加わって、大きな布陣が敷かれている。

警察に限らず官僚組織は、一度決めた方針を変えたがらない。今回は、マル暴も多く捜査員として加わっており、六甲側の犯行と頭から信じこんでいる。

読みを間違えたとわかっても、後になって退けなくなり、より六甲側の犯行説に固執してしまう危険性を孕んでいる。初動の誤りを正すのがどれほど難しいかは、殺人捜査に関わってから嫌というほど思い知らされている。

奥心会と平井の関係の詳細はまったくわかっていない。犯行に使われたスーパーカブにしても、杉田が売ったものかどうかは不明だったが、一条(ひとすじ)の光を見出していた。

「私はマル暴にいたことはないが、それでも極道の論理を理解しているつもりだ。平時ならともかく、六甲側と事を構えているこの非常時に、なぜ追放した人間をいたぶっているのか。襲撃だけでなく、時限発火装置などと小細工までして、この大隅なる男を消そうとしている。もっとも、これも奥心会の犯行と決まったわけではないが……放火未遂の一件を耳にしてから、急にこの組織が気になりだした。そこへ君のバイク情報がもたらされたというわけだ」

「かなり、きつい臭いを漂わせているのは確かですね」

「頼む。こちらが前に進まないかぎり、身辺警戒員(PO)の片桐班に多大な苦労をかけることになる」

「わかりました」

奥心会のメンバーと大隅の身上調査書のコピーを取った。

クリアファイルに入れて会議室を出た。朝の会議まで時間は少ないが、睡眠をとる必要がある。

仮眠室へと向かった。おそらく、寝られはしないだろう。目が冴えきっている。奥心会の男たちが眠らせてくれそうになかった。

9

「辞めた？　いつです？」

　塔子が尋ねた。

「いつごろだっけな。一か月前くらいか。いや……もっと前だったかな」

　社長の大石はアイアンを振った。

　塔子の問いに対しては判然としない答えしか返さないが、対照的にゴルフボールは緑色のネットに勢いよく突き刺さった。ジャージ姿の社員が、すかさずマットに次のボールを置く。社員は丸刈りにした二十代の青年で、社員というより部屋住みの若者のように見える。

「いつだったかまでは、はっきり思い出せねえな。事務員のほうにでも聞いてくれや。なにしろ、うちは人の出入りが激しいんでな」

　大石はアイアンを握り直し、両足の幅をしきりに変えるなど、フォームの調整に余念がなさそうだった。まじめに思い出す気がないと、アピールしているようにも見える。

　荒川環境保全は足立区入谷の工場地帯にあった。

　すぐ傍には、首都高速川口線が走り、一般道も多くのトラックが激しく行き交っている。塔子らはビルの屋上にいるが、排気ガスの臭いが漂っている。

巨大な物流倉庫や零細工場、肉体労働者向けの食堂があったかと思うと、古ぼけたラブホテルが点在している。ひどく散文的な光景といえた。荒川環境保全の三階建てのビルは、ラブホテルの裏手にあった。

ビルこそちっぽけで古ぼけてもいたが、敷地自体は大きく、駐車場はテニスコート二面分はありそうだった。商売道具であるゴミ収集車を停めておくスペースだ。

午前中の今は、すべての収集車が出払っている。社員たちがゴミの収集に精を出しているというのに、大石はゴルフウェアを着ては、ショットの練習に熱心だった。

短く刈りこんだ頭髪を黒々と染め、肌はサーファーみたいにまっ黒に焼けている。ヤクザから足を洗って八年にもなるというが、腫れぼったい瞼と相撲取りのような重量感のある体型のおかげで、きつい〝現役〟の臭いをさせている。

「辞めた理由はなんです？」

「一身上の都合により、だ。働くのが嫌になったんだろう。あいつには労務管理を任せていたが、うちのゴミ収集員には癖のある野郎が多くてな。手に負えない荒くれ者だらけだからよ」

大石はアイアンを振った。

ボールはネット中央の的に命中した。社員が、すかさずナイスショットと合いの手を入れ、塔子をいかにも煙たそうに見やった。大石の機嫌を損なえば、自分もアイアンでぶたれる。そう訴えているようにも映った。社員の顎には打撲傷と見られる腫れがある。

塔子が訊いたのは、転売屋の杉田からスーパーカブを譲り受けたとされる社員で、総務課に籍を置いていた中橋太朗なる三十代の男だ。社長の大石と違って、暴力団に在籍した経歴はないが、窃盗と暴行傷害の前科のあるボクサー崩れだった。

「自宅の住所を教えていただいてもよろしいですか?」

「うちの寮さ」

「ということは、退社にともなって引き払ったということになりますか」

「そうなる」

「どこに住まいを移したか、わかりますか?」

「さあな。それも事務員に聞いてくれ。実家にでも帰ったんじゃねえのか。中橋がなにをしたのか知らんが、うちの社員じゃねえんでな。なにを聞かれても答えようがねえ」

「ちなみに、こちらに見覚えは?」

微笑を浮かべて、クリアファイルに入ったA4サイズの印画紙を見せた。

スーパーカブ50の2012年型ビジネスタイプが写っている。平井殺害に使われたものと同型で、杉田が中橋に三台売り渡したものでもある。

「見覚えもなにも、そば屋や郵便局員がどこででも乗り回してる単車だろう。それがどうした」

「いえ」

それ以上は尋ねなかった。

中橋の手に渡ったバイクが、射殺事件に使われたものかどうかはわからなかった。今の段階では、塔子も強気には出られない。相手が暴力団員ではなく、すでにカタギである以上、手荒な真似もできない。

若者のほうに目を走らせた。彼は表情を読み取られまいとしているのか、印画紙から目をそらしてうつむいた。ゴルフボールを握ったまま、手が止まっている。

「おい」

大石に注意され、若者は慌てたようにボールをマットに置いた。その反応だけで充分だ。印画紙を引っこめる。

大石は淡々とショットを放った。刑事に腹を探られているのに、ボールを的の中央にヒットさせた。老獪（ろうかい）な元極道を切り崩すには、こちらもカードを揃えなければならない。

「また、お話をうかがいに来ます」

「もういいのかい？　中橋についてはこっちも調べておくからさ。なんかわかったら、そっちにコレするよ」

大石は左手の親指と小指を立て、電話をかけるジェスチャーをした。

「ありがとうございます」

塔子は頭を下げて顔を隠した。若者と同じく芝居がうまくないのは知っていた。いくら微笑を浮かべてみせても、目に殺気がこもってしまう。

屋上の出入口の横には、プレハブの小さな倉庫があった。スライド式のドアを無造作に開ける。

「コ、コラ！」

若者が怒声をあげた。

倉庫には、ゴルフセットや練習用具、ダンベルなどが置かれてあった。

大量の段ボール箱が天井いっぱいに積まれてある。二リットル入りのミネラルウォーターに石鹼（せっけん）や歯ブラシといった日用品だ。段ボールには販売元の会社名がプリントされてある。

愛知県にあるソワレジャパンだった。五代目華岡組が水や日用品を販売するために作られた企業舎弟だ。

五代目華岡組に盃を返して、組織を割って出た六甲側は、五代目の守銭奴（しゅせんど）ぶりを批判し、その具体例としてソワレジャパンによる強制購入を理由にあげた。月々に高額な上納金を収めるだけでなく、ソワレジャパンが扱う水や日用雑貨品を大量に買わなければならず、系列の組事務所には、捌（さば）ききれずに山積みになった段ボールがあった。

今回の射殺事件で、六甲側の組事務所に家宅捜索で踏みこんだ。盃を返す前に購入させられたと思しきブツが、やはりゴロゴロ出てきたものだった。

「ちょっと。令状もないのに勝手に人の蔵んなか、開けてもらっちゃ困りますよ」

さすがの大石も表情を強張らせた。不愉快そうに眉間にシワを寄せる。若者が歯を剝く。

「どうもすみません。出入口のドアかと思っちゃった。失礼しました」

スライドドアを閉じて詫びた。

ドジな慌てん坊を演じたが、自分でも呆れるくらいの大根役者ぶりだった。余計に癇に障ったのか、大石の顔がまっ赤になる。

若者の目に怯えの色が見えた。心がわずかに痛む。後でアイアンで八つ当たりされるかもしれない。

「ねえちゃん、難波さんと言ったな。さすが捜査一課の刑事だ。図太い真似しやがる」

大石はガラの悪そうな口調で言った。アイアンのグリップをきつく握りしめている。

塔子も仮面を取って応じた。床に落ちたゴルフボールを顎で指す。

「まあ、そういうこと。また来るわ」

捨てゼリフを残し、屋上のスチール製のドアを開けた。水戸とともに階段を下りる。

水戸がポツリと漏らした。

「キモが冷えました」

「まだよ」

塔子は唇に人差し指をあて、口を閉じるように命じた。足音を消して再び階段を上り、ドアに耳を近づける。

ボールを打つ音がした。人間を叩く音はしない。塔子は小さく舌打ちし、その場から離れる。

「あの若い者をしばいてくれたら、現行犯逮捕に持っていけたのに」

「わざとらしい演技も、大石を怒らせるためだったんですか？　だとしたら——」

「あれは大真面目よ。失礼な」

一階にいる事務員から、中橋の退社日と本籍地を聞き出そうとした。事務員は個人情報を守るため、容易には教えられないと渋った。屋上にいる大石がへそを曲げ、事務員に命じたものと思われた。ちんけな意趣返しだ。

中橋に会えなかったばかりか、大石からはなんの情報も引き出せなかった。警察車両のセダンに戻ると、水戸がビルの屋上を一瞥した。

「バイクの件、シラを切られましたが、こりゃどんぴしゃですね」

「あの倉庫にクスリか拳銃でもあれば、あの食えないおっさんを引っ張れるのに。二〇日も勾留すれば、ゴルフやりたさに自白するかもしれない」

「違法なブツがなくとも、あの段ボールだけで充分じゃないですか？」

水戸が小さく笑った。

――刑事は先入観を抱くな。人を色眼鏡で見るな。捜査一課のメンバーとなりゃなおさらだ。

父の言葉をまた思い出した。自分が思いこみの激しいタイプなのは自覚している。それゆえ、ギリギリまで決めつけは避けるようにしている。

父はこうも言っていた。

――三つだ、塔子。あやしげな臭いを、三つも漂わせるようなやつは、尻の穴まで徹底的に洗え。

一つ。荒川環境保全の社員が、複数のスーパーカブを欲しがった。転売屋の杉田によれば、オンボロバイクにもかかわらず、一台十万円で買い取ってもらえたという。

二つ。中橋はスーパーカブを仕入れた時期になぜか退職した。

三つ。社長の大石はカタギのくせに、倉庫には五代目華岡組印の商品をたっぷり抱えていた。

中橋が入手したスーパーカブが、犯行に使われたものかどうかは未だにわからない。あの男の尻の穴まできっちり洗う必要があった。ボールボーイの若者の反応も入れれば、あやしげな臭いは四種にもなる。

水戸がセダンのエンジンを掛けた。

「どこから当たりますか」

「貪欲(どんよく)に総当たりよ。ピンボールみたいにあっちこっちに当たりまくる。それが猪(いのしし)武者(むしゃ)の難波班ってもんでしょ」

カップホルダーに入れていたコーヒーを飲み干した。コンビニで買ったもので、すっかり冷めていたが、いつもより旨(うま)く感じられた。

やはり、昨夜は一睡もしなかった。奥心会の歴史と人物を頭に叩きこんでいるうちに夜明けを迎えてしまった。

身体自体は疲労で重かったが、頭は闘志で興奮している。携帯端末を取り出して、他の部下たちに指示を出した。

10

塔子は心のなかで思った。これはフンドシを締めてかからないと。

目の前にいる大隅は、大石以上にタチが悪そうだった。身内の者を売ったうえ、今は平然と警察の世話になっている。

ツラの皮が厚い人物と聞いてはいたが、塔子の想定を軽々と上回った。

「んなことは、おれが聞きてえし、それを調べるのがあんたらの仕事じゃないのかい」

大隅は割り箸で塔子らを指した。割り箸の先端は醤油で汚れている。

「承知しています。しかし――」

「しかも某もねえよ。捜査一課のおまわりさん。おれを殺りたがってる野郎なら、昨日も一晩かけて、たっぷりこの人たちに聞かせたところだぜ。質問攻めに遭いまくって、ようやく解放されたと思ったら放火騒ぎだ。心も身体もヘトヘトなんだ」

大隅の言う〝この人たち〟を見やった。

彼の横には、身辺警護を務めている美波がいた。隣のテーブルには屈強な部下たちが控えている。

美波は相変わらずだった。涼やかな微笑を湛えている。だが、部下たちが醸す気配は暗く淀んでいた。一番の若手である本田からは、徒労感さえにじみ出ていた。大隅にどれだけ手を焼かされたのかがわかる。

塔子たちがいるのは、警察共済組合の保養所である半蔵門のホテルだ。地下には和食レストランがあり、四人掛けのテーブルには、刺身の盛り合わせや天ぷら、煮物に焼魚など、所狭しと料理が並んでいる。ヘトヘトと言うわりには、大隅はよく喋り、よく喰らっていた。

大隅は背中をそらして腰を叩いた。顔をしかめる。

「たまんねえな。今日は一日中寝てたけどよ、おれの家のやつと違って、ここのはロクなベッドじゃねえ。腰が痛くてしょうがねえよ」

彼は隣の美波に訊いた。

「あとでマッサージを呼ばせてもらうぞ。百二十分かけて揉んでもらう必要がある」

「ご自由にどうぞ。請求書をこちらに回さなければの話ですが」

「ケチくせえなあ。まったく」

大隅は舌打ちし、忌々しそうにキスの天ぷらにかぶりついた。剝がれ落ちた衣がテーブルに落ちる。

塔子はそれとなく料理に目をやった。刺身は盛り合わせを二人分オーダーしていたが、大隅は瞬く間に半分を平らげた。昨夜、命を狙われたばかりだというのに、この男の食欲は旺盛(おうせい)だった。

大隅はキスの尻尾(しっぽ)まで口に放りつつ、上目遣(うわめづか)いになって塔子を見つめた。その目は油断なく光っている。

「知ってるぜ」

「なにをです？」

「赤犬這(は)わされそうになったってのに、よく食いやがるなと言いたいんだろう」

「仰るとおりです」

赤犬とは放火の意味だ。

塔子は笑みを浮かべてみせた。下手に否定しようものなら、この手の男は余計に絡んでくるものだ。

「あなたの自作自演……という線も浮上しているのは事実です」

「警官のわりには素直で率直だ。いっそ、そう言ってくれたほうがすっきりするってもんだ。なあ？」

大隅は箸を置いて拍手し、隣のテーブルにいる本田たちにイヤミったらしく声をかけた。美波の部下たちは無表情を装ったが、本田は苦虫を嚙み潰したような顔を見せる。

「とはいえ、私はそう考えていません」

瓶ビールを摑んでコップに注いでやった。

「ふーん、どうだかな」

この男には正攻法で挑んでも通じなさそうだった。「おい、こら」と凄んだところで、余計な反発を買うだけだ。口はヘラヘラと軽いが、内には頑なな想いを秘めているようだ。

塔子はウェイターを呼び止め、生ビールをオーダーした。美波の部下たちが驚いたように見つめてきた。大隅も目を丸くする。

「おいおい、勤務中じゃないのか」

ウェイターからジョッキを直接受け取ると、塔子は生ビールを口にした。

水戸や身辺警戒員らの視線を感じながら、勢いよく胃に流しこんだ。口内に苦みが広がり、炭酸が喉を刺激する。ジョッキは重たかったが、一度に飲み干した。

大きく息をついて、手の甲で口を拭う。

「おいしそうに飲んでらっしゃるので、つい。素直で率直な警官なもんですから。その刺身もいただいてよろしいですか」

「もちろんだ。好きなだけ食ってくれ。請求書を回したりはしねえからよ」

「ありがとうございます」

塔子は弾んだ声を出して箸を取った。

細切りにされたイカの刺身をごっそりと取って口に入れた。ウェイターを呼んでおかわりを要求し、身辺警戒員たちを見渡す。

「あんたたちも、一杯やったら? 周り全員がシラフだと、飲りにくいもんよ。運転手だけお茶にして、あとはぐっと飲めばいいのに」

大隅が感心したようにうなずいた。

「そのとおりだ。このおまわりさんたちときたら、おれのキャバクラに案内してやったってのに、出された酒も料理も全然手をつけねえで、長々と仏頂面で事情聴取だ。堅苦しいったらありゃしねえよ。そこへ行くと、あんたは一味違うようだな」

「警護対象者と、きっちり信頼関係を構築するのが、身辺警戒員(PO)の仕事でしょう。二、三杯飲んでもキリッと警備もしてみせる。それがプロってもんでしょうに」

塔子はため息をついてみせた。

「き、聞き捨てならないですね。捜査一課(ソウイチ)じゃ、昼間っからでも飲酒する慣習でもあるんすか」

本田が目を吊り上げた。予想どおりの反応だ。塔子は腕時計を突いてみせた。

「もう夜でしょ。そんな固いこと言ってるから、大隅社長から疎(うと)まれてるんじゃない？」

大隅が愉快そうに囃(はや)し立てる。顎で本田を指した。

「そうだ、そうだ。だいたい、そこの兄ちゃんよ、おれが警察に守ってもらいたくて、襲撃事件も昨日の放火騒ぎも、みんなおれが画(え)を描いたと思ってんだろう。顔にデカデカと書いてあるぜ」

「大隅さん」

美波が語気を強めてたしなめた。塔子を鋭く見やる。

「難波班長、バカを言うのも大概にしてくれませんか。あなたが手段を選ばぬ捜査官なのはよく知っています。勤務中に飲酒をしようが、食事をたかろうが関知しませんが、部下をからかうのは止めてください。こちらは文字通り、身体を張って任務を遂行しているのですから」

大隅は拗ねたように口を尖らせた。

「まったく、息がつまるよ。あんたらもマル暴の端くれだろうに。おれの知ってる所轄の刑事なんざ、おれの店で女の乳揉みまくって、高い酒たかりまくったもんだが」

「恩を着せるわけではありませんが、その息をつまらせる我々のおかげで、大隅さんのマンションが火に包まれずに済んだことをお忘れなく。私たちが嫌なら、社長想いの社員さんに守ってもらえばよろしいでしょう」

塔子は大隅と同じく不快そうに顔を歪めてみせた。

おかわりのビールをまずそうに飲みながら、美波が自分の意図をすかさず汲んでくれたのに感謝した。久しぶりに顔を合わせたというのに、阿吽の呼吸で大隅に厳しい態度を取ってくれた。いわゆる〝いい警官〟と〝悪い警官〟の配役だ。

美波とはつねに部署が異なり、タッグを組んだ経験はないが、手強いライバルであると同時に頼れる相棒だった。大隅におもねる塔子に気を使い、美波は悪役に回ってみせた。相変わらず頭の回転が速い女だった。

「本当に恩着せがましいな。給料分の仕事をしただけだろうに」

大隅が愚痴をこぼした。塔子はドリンクのメニューを開き、大隅に酒を勧める。

「固い連中は放っておくとして。なにを飲みますか？」

「ビールは飽きたな。今夜もだいぶ冷えてきたようだし、熱燗でもいっとくか」

「いいですね」

　塔子は三度ウェイターを呼び、当然のようにお猪口をふたつ頼んだ。熱燗が来るまでに二杯目の生ビールを空にすると、徳利の日本酒を注ぐ。

「社長も大変ですね。せっかく業界から足を洗ったのに、襲撃だけでなく、火までつけられそうになるなんて」

　塔子は〝いい警官〟を装って、大隅を労ってみせた。

「覚悟はしてたさ。代紋に守られて生きてきたが、これからは自分で身を守らなきゃいけねえ」

　大隅がお猪口の酒に目を落として呟いた。

　周りの身辺警戒員が呆れたように彼を見やった。護衛だけじゃなく、住処までサクラの代紋に頼りっきりじゃないかと、口には出さずに異議を唱えている。塔子だけは理解を示すかのように深々とうなずいてみせた。

「わかります。この東京も、すっかりキナ臭くなってしまって」

　塔子は世間話でもするように、ふたつの華岡組の分裂抗争を口にした。

　路上でのケンカや車両特攻といった小競り合いだけでなく、ついには平井組長と組員の二名が射殺されるといった惨劇も起きた。射殺事件後、平井組の準構成員が、ダンプカーで六甲華岡組側の事務所に突っこみ、ショットガンや刃物を抱え、ひとりで殴りこみをかけている。

大隅が肩を落とした。

「平井はなかなかの男だったさ。『いいやつほど早死にする』って言葉はどうやらホントだな。年寄りばっかりの抹香くさい業界で、イキのいい若い衆を抱えていた。上の覚えもめでてえし、いずれは業平一家どころか、その上にも行けるだけの力量を備えてた」

塔子はそれとなく尋ねた。

「それほどの有望株というのなら、身内から妬まれていたということはありませんか？」

「なんだって、そんなことを訊くんだ。平井を弾いたのは、六甲側の連中だろう」

「それがですね……浅草署に大きな捜査本部が立って、反目の六甲側の関係者がいっぱい引っ張られたんですが、どうも襲撃犯の絞りこみがうまくいってないみたいで。捜査本部のなかでも、あれは六甲側の殺しではないいんじゃないか……なんて説まで上がってるらしいんですよ」

塔子は、その捜査本部の中心人物のひとりだったが、他人事のように語った。

平井殺しには、親戚筋である奥心会が関わっているかもしれない。犯行に使用されたスーパーカブの線から疑念を抱き、元幹部だった大隅のもとを訪れた。彼もなんらかの形で事件に関わっている可能性もあるため、ストレートに問いただせば貝のごとく口を閉ざされるおそれがあった。そのため、放火未遂事件の捜査を理由に近づいた。

お猪口の酒をひと口で空けて手酌で注いだ。立て続けに呑んだために顔が火照ってきたが、大隅の様子に全神経を集中させる。

「このおれに訊くってことは、奥心会を怪しんでるのか？」

「奥心会に限らないです。六甲側の捜査が行き詰まってきてるので、あわてて五代目華岡組側も洗い直したってところでしょうか。業平一家や平井組、奥心会を含めた東堂会傘下の組織。関東圏内だけでも数十団体もあってキリがありません。ここだけの話ですが、捜査対象を一挙に広げたため、案外長期化するんじゃないかって話も出てます」

　嘘を混ぜこんでみせた。自分の演技力には自信があまり持てないが、隣の水戸が真面目くさったようにうなずいてくれた。

　捜査本部は六甲側犯行説がまだ主流だ。なにしろ、昨夜になってようやく指揮官である沢木が、抗争以外の線に着目しだしたのだ。

　捜査対象を広げたのは事実だが、あちこちの組織を調べているのではない。奥心会に絞りこんでいた。

　昨夜は、沢木と同じく奥心会の資料を読みふけった。華岡組がふたつに割れ、両陣営ともに一致団結しなければならないとき、大隅は兄貴分の山根を警察に売り、自身は組織を絶縁となるなど、内輪揉めを引き起こした。

　被害者の平井は、その山根と兄弟分の関係にあった。彼は二十八歳のときに暴行傷害で逮捕され、懲役三年の実刑判決を受けた。府中刑務所において満期で過ごしたが、そこで理事長の山根と意気投合し、兄弟分の盃をかわすほどの仲となった。

刑務所を出てからも、山根と交流があったことが、事件後の捜査で判明している。奥心会の前身である蔵田会時代から、さかんに本家や事務所に出入りし、当時の親分の蔵田亮二郎からも目をかけられていたという。

「顔の広い大隅社長ですから、平井組長のこともよくご存じかと思いますが、なにかトラブルを抱えていたなんて話を耳にしていませんか？　捜査本部の仲間たちがえらく頭を抱えているらしくて」

大隅は徳利を横に倒した。

「さあ、どうだったかな」

空になった徳利と塔子を見比べる。その目には悪戯っぽい光が覗いている。タダでエサをよこす気はないらしい。

「大隅さん」

〝悪い警官〟の美波がたしなめた。塔子はスーツのジャケットを脱ぎ、熱燗四本をオーダーし、美波たちを指さした。

「わかりました。とことん飲りましょう。おつきあいします」

大隅も相当速いペースだったが、かなりの酒豪らしく、今のところ顔には出ていない。

お猪口に目を落とした。

「これじゃ、まだるっこしくないですか」

大隅が目を輝かせた。

「気が合うな。おれもそう思ってた」

ウェイターを呼びとめて、湯呑みをふたつ持ってくるように頼んだ。

大振りな湯呑みが用意され、徳利の中身を荒っぽく注ぎ入れた。なみなみと入った熱い日本酒に口をつけた。

「大隅社長なら、やっぱりこの飲り方がいいかと思ってました」

「小学生のときから、このスタイルだ。生まれ育ったのがとんでもねえ極寒の田舎町だったからな。ちんたらと猪口でなんか飲ってられねえ」

大隅は北海道の道央出身だ。格闘技ブームの影響を受け、地元の高校を中退して上京すると、居酒屋の店員などをしながら、プロのキックボクサーとなった。

戦績は十一勝三敗一無効試合。左フックと膝蹴りでKOの山を築くも、興行系ヤクザとつきあうようになり、新橋の繁華街で酔漢(すいかん)相手に暴行を働き、プロのライセンスを失った。

以後は蔵田会系の暴力団員となり、闇金融を手がけて出資法違反でお縄になった。キックボクサー時代に起こした暴行傷害の弁当と合わせ、黒羽(くろばね)刑務所で五年の懲役生活を送っている。

大隅は瘦せの大食いというやつだ。ひょろ長い体型をしており、なで肩と薄い胸板のおかげもあって、とても元格闘家には見えない。口八丁で女に食わせてもらっているスケコマシのようだった。キツネに似た容貌から、軟派な印象を受ける。横にいる美波のほうが、がっしりとした肩幅をしているだけに男性的に映った。

うまそうに湯呑みの酒をすすると、彼は満足そうにうなずき、再び口を開いた。

「平井は蔵田会のころから、兄貴分の山根とつるんでいろいろと仕事をしていた。蔵田や奥西にも気に入られて、一時期は移籍話が出たくらいだ」

「それは初耳です」

目を見開いてみせた。

「そりゃそうだろう。ひと昔も前の話だし、一部の人間しか覚えちゃいねえ。業平一家としても有望株を手放すわけにはいかなかったんで、移籍も実現しなかった。山根とおれは若いときからソリが合わなかったが、だからといって弟分の平井には悪い印象を持っちゃいねえな。行儀もよければ、義理も尽くしていた。こんだけの時代となっても、義理ごとにかけるカネをケチればメンツに傷がついちまうからってんで、弟分や子分から容赦なくカネを巻き上げるもんだが、あいつはそういう真似をよしとしなかった。だからこそ、盃ももらってねえ若僧が、死んだあいつのために六甲の事務所に単身で殴りこみをかけたんだろう」

「ということは……大隅社長から見れば、平井組や古巣の奥心会はシロということになりますか」

「おれから見なくたって、ふつうはそうだろうよ。不倶戴天（ふぐたいてん）の敵である六甲側が相手でも、せいぜい路上で怒鳴り合うか、車で突っ込むことぐらいしかできねえのに、なんだって途方もないリスク背負って、身内の者（もん）を天下の往来で蜂（はち）の巣にしなきゃならねえんだ。めくれりゃ、これもんだぞ」

大隅は首に手をあて、首吊りのジェスチャーをしてみせた。業界から追放どころか、死刑判決を喰らって人生を終えるだけだと。

「やっぱり、そうですよねえ」

首を傾げながら漬物をつまんだ。

「よそで破門や絶縁された者を拾ったって話も聞かねえしよ。撃ち殺されるほど恨みを買っていたとは思えねえ。警察（サツ）がどう思おうが、やっぱり六甲側としか考えられねえな。あいつに死ぬ理由があるとしたら、今度の抗争はしょせん西のほうの話だとタカくくってたことぐらいか。毎朝、犬のために決まった時間で決まったコースを散歩してたっていうじゃねえか」

大隅の語り口に変化は見られない。兄貴分をも罠に嵌める狸（たぬき）なのだから、そう簡単に腹のうちを見せるはずもなかった。

奥心会のトップたちと平井が、旧知の仲にあったと知れたのは収穫だった。山根と兄弟分にあたるだけでなく、蔵田会からヘッドハンティングまでされかけたという。

それだけ濃密な関係にあったのなら、平井殺しの謎も隠されている気がした。絆とは厄介なもので、関係が深ければ深いほど、愛情は簡単に憎悪に変わる。捜査一課の捜査員となって、嫌というほど思い知らされた。

なおも食い下がってみせた。

「平井組長が、上から下まで多くの人から愛されていたのはよくわかりました。それでも、極道という生き方を選んだ以上、聖人君子とはいかなかったはずです」

「どう考えても、平井を殺ったのは六甲の西勘組だ。とくに平井組とは目と鼻の先に事務所構えてる佐々部総業の連中だ。同じ浅草を縄張りにしていたからな」

「佐々部総業はおそらくシロです」

「本当かよ」

美波が割って入った。

「難波班長、部外者にそんな極秘情報を――」

「黙ってて」

塔子は湯呑みを荒っぽくテーブルに置いた。

ドンという重い音が鳴り、空気が張りつめていく。美波と睨み合う。絶妙なタイミングで彼女はトスを上げてくれた。

七年前に麻布（あざぶ）署の道場でやりあったときと同じく、相手を威圧するような冷たい目をしていた。腕っぷしだけでなく演技力も上だった。彼女の部下の本田などは、本気でいがみ合っていると思いこんでいるのか、上司の怒りにうろたえている。

「そうだ、黙っとけ。せっかく、気持ちのいい飲み仲間ができたってのに。しらけるじゃねえか」

大隅が美波らをねめつけた。

さすがの酒豪も、塔子に負けまいとハイペースで飲み続けたためか、目がとろんとしてきている。ワイシャツの袖のボタンを外し、腕をまくろうとしたが、青々と彫られた自身の刺青を目にして、ボタンをかけ直す。

酒好きの口をこじ開けるには、同じく酒で対抗するのが一番だった。当然ながら服務規程違反だが、しばしば奥の手として用いた。このやり方は両刃（もろは）の剣（つるぎ）であって、酔いが回ったのは塔子も同じだった。二杯の生ビールに二合の日本酒を立て続けに飲んだ。

序の口でしかない量だが、昨日は一睡もしてないこともあり、気を抜くと思考が鈍りそうになる。隣の水戸が平静を装っているものの、ちらちらと心配そうに見やってきた。

大隅もけっこう回っている。昨夜は、素面（しらふ）の美波らを相手に、遅くまで焼酎をかっくらっていたらしい。肝臓の働きが充分ではないようだ。ここが正念場といえた。

塔子は軽く頭を下げた。

「どうもすみません。せっかく盛り上がってきたのに、水を差してしまって」

「あんたが変わり者なだけで、警官なんざ、本来そんなもんだろうけどよ」

「気にせずにどんどん行きましょう」

徳利を手にして、大隅の湯呑みに注いだ。お返しとばかりに、彼も注ぎ返してくる。

ひと口で半分ほど空け、水戸の冷たいウーロン茶に手を伸ばし、甘ったるくなった口内を洗い流した。大隅も張り合うように、湯呑みに口をつけた。ごくりと喉が動き、大きく息を吐く。

「あんたの飲みっぷりに敬意を表して、少しばかり教えてやるよ。あんまりホトケさんのことを悪く言いたくねえんだけどな」

「なにかご存じでしたか」

塔子は前のめりになった。

「たいした情報じゃねえ。あんたらが今後も地道に聞きこみを続けていれば、耳に入るような話さ」

「ささいなことでも構いません」

もったいぶりやがって。心のなかで毒づきながらも、迎合の笑みを浮かべてみせた。

大隅は椅子の背もたれに身体を預けた。

「平井は周りから愛されていたよ。頭もよくて人望もあった。シノギもまあまあうまくいっていて、親分のためなら体を張るような、活きのいい若い衆まで抱えてやがった」

「そのうえ業平一家だけじゃなく、奥心会からも可愛がられていた。大隅さんと同じく、顔が広かったのでしょうね」

「金儲けにばかり励んでたおれと違って、あいつは優等生だったからな」

「そうでしたか」

辛抱づよく相槌を打ってみせた。期待させたわりには、価値のない情報だ。

被害者の平井が敵を作らぬタイプなのは、地元浅草署の組対課が作った身上調査書にも記されていた。子分もろとも射殺されるような男ではないため、捜査本部は六甲側犯行説に傾いたのだ。

美波が急に口を開いた。

「大隅さんも本当は義理堅い極道だったのでは？」

「な、なんだよ。藪から棒に」

大隅の顔が強張った。

「ご自宅の本棚にあったフィリピンのガイドブックやたくさんの地図が気になりまして。大隅さんは今でも半年に一度はセブ島に出かけてらっしゃる。多いときは、それこそ一か月に一度の割合でかの地を訪問しています」

「おい、汚えぞ。そいつはルール違反だろうが。ひとん家の本棚覗きやがって。これだから家に入れたくなかったんだ」

「覗いただなんて人聞きの悪い。目に飛び込んできただけです」

美波は意地悪そうにそっぽを向いた。

彼女は完璧に悪役に徹していた。驚いたのは大隅だけでなく、塔子も同じだった。警護対象者との信頼関係が壊れかねないのを承知で、美波は大隅の痛いところを突いたのだ。酔いで鈍くなった頭が、にわかに復活しだした。フィリピンのセブ島。奥心会に関する資料でも触れられていた。

さりげなく口にした。

「セブ島といえば、蔵田会長が客死したところですね」

「そうだよ」

大隅は苦々しそうに答える。

大隅の親分だった蔵田亮二郎は、狭心症や不整脈に苦しめられていたため、冬期は南国で過ごすのが恒例だった。六十歳までは酒と博奕に明け暮れていたが、循環器の具合が悪くなってからは健康志向に目覚め、十二月の事始めを済ませると、リゾート地のセブ島でゴルフや釣りに興じた。

九年前、蔵田はセブのマクタン島沖で、バンカーボートに乗りながら底釣りを愉(たの)しんでいた。高波にさらわれて船が転覆し、他の釣り客二名とともに溺死(できし)している。

塔子はおそるおそる尋ねた。

「ひんぱんにセブ島に行かれるのは、蔵田会長の供養のため――」

大隅は掌を向けてさえぎった。

「バカ言ってんじゃねえ。セブ島に行くのはおれも蔵田(オヤジ)に似て、あの土地でのんびりするのが好きだからだ。毎日マッサージに通って、陽気でスケベな現地妻とショッピングモールでウィンドウショッピングだ。あっちには射撃場もあるんでな。三下のころから暇ができれば、上の連中の写真をマトにして、よくアサルトライフルで蜂の巣にしたもんさ」

「蔵田会長も？」

「当たり前だ。おれが嵌めた山根も、絶縁しやがった奥西も穴だらけにしたが、一番銃弾を喰らわしたのは蔵田(オヤジ)だよ。俠客だなんだと持て囃(はや)されて、ファンはやたら多かったが、きれいごとしか言えねえ昭和のミイラだ。クスリと電話なんざ外道のすることと斬り捨てて、子分どもには正業を持てとぬかしてやがった。二十一世紀になってからもだぞ」

大隅の顔が赤く染まった。

美波が絶妙なタイミングでトスを上げてくれたおかげで、大隅にボールをぶつけることができた。アルコールのおかげか、大隅の口から本音らしきものが飛び出す。

クスリとはおもに覚せい剤を指し、電話とは振り込め詐欺を指す。現在の暴力団で嫌われるシノギではあるが、もっとも稼げるので手を出す輩(やから)は尽きない。塔子は大隅に話を合わせた。

「暴力団を取り巻く環境を考えると、それはだいぶ古めかしい考えと言えますね。九年前といえば、すでに銀行口座ひとつ作れなくなっていたのに。正業なんか簡単に持てるはずがない」

「そうさ。おまけに、華岡組の傘下なんかになったおかげで、警察の態度も一段と厳しくなった。運輸も土木も興行も、正業なんざ軒並(のきな)み潰されたってのに、本人はのんきに見栄を張って大博奕だ。護衛でいっしょについて回ったが、バカラでもブラックジャックでも、横で見てて胃が痛くなるほどの大金を張っちゃ、カッコばかりつけてやがった。セブ島のよさを教えてくれたのは、たしかに蔵田(オヤジ)だが、あんなくたばり方をした以上、釣りだけはやらねえようにしてる」

「なるほど」

納得したフリをしてみせた。大隅は湯呑みの酒をあおると、横目で美波を睨んだ。

「まったく油断も隙もねえ。フィリピン絡みってんで、未だに拳銃(チャカ)やフィリピーナで商売してるとでも思ったんだろう。痛くもねえ腹探りやがって」

「見たままのことを口にしただけです」

「あんたの上司に報告するぞ。覗き見趣味のない警官を護衛につけろとな」

大隅はテーブルを叩いて立ち上がった。

「どちらへ」

「小便だ」

大隅は声を荒らげて、レストランを出て行こうとした。

やはり、酔いが回ったのか、わずかに身体をぐらつかせた。本田と友成が席を立って後を追う。

大隅の姿が見えなくなった。

「ありがとう」

塔子は声をひそめた。

〝悪い警官〟役を演じた美波に礼を述べる。

美波がウェイターにチェイサーの水を頼み、倒れた徳利に目を落とした。

「相変わらずね。とても真似できそうにない」

「それは皮肉？」

ウェイターから氷水を受け取った。美波が首を横に振る。

「本気で感心してるの。あなたのガッツには頭が下がる」

「それはどうも」

バッグのなかを漁った。

小物収納用のポケットに、ウコンのカプセルがあった。飲酒前に服用すべきだったが、カプセルを水で流しこむ。

「悪役を押しつけちゃった。大隅にはただでさえ手を焼かされてるでしょうに。今後はもっとヘソを曲げられるんじゃない？」

「どうってことない。どのみち、セブ島の件はいずれ訊くつもりだったから」

「射殺事件は、てっきり六甲側の犯行とばかり思っていたけれど」

塔子は額を叩いて続けた。

「まだ、なんとも言えないからここに来たのよ。まいったわ。こんなに大酒かっ喰らったのに、ろくな情報を引き出せていない。どんな顔して、捜査本部に戻ればいいのやら」

「だったら、こんな話はどう？」

「うん？」

美波がレストランの入口をちらりと見やった。大隅はまだ戻ってくる様子はない。

「放火未遂事件では三つ収穫があった。ひとつは大隅のフィリピン通い。二つ目は忠誠心にあふれる子分たち」

「もうひとつは？」

「ここよ」

美波が屈んでふくらはぎに触れた。

とっさにはわからなかったが、大隅が元キックボクサーだったのを思い出した。

「バスローブ一枚羽織っただけのセクシーな姿を見ちゃった。今になって思い出したけれど、ここが瘤みたいに盛り上がってた。よっぽど鍛えてるみたい。あれほどの筋肉は、短期間でつくものじゃない」

美波の言葉は酔いざましの氷水よりも効果があった。

自分が何者かに狙われていると知り、急に身体を鍛える者は少なくない。しかし、大隅が襲撃されたのは、ほんの数日前だった。酒や女にふけり、今もヤクザな生活を送っているように見えたが、肉体をいじめ抜いているらしい。痩せっぽちというより、無駄な肉を削ぎ落としていたようだった。美波に教えてもらうまで気づかなかった。

大隅がレストランに戻ってきた。ポケットに両手を突っこみ、ふて腐れた顔で本田らに文句をつけている。

「気合を入れ直さないと」

塔子は小さく呟くと、再び〝いい警官〟役に戻った。大隅の機嫌を直すため、へりくだった笑みを浮かべた。

11

美波はサンバイザーを下ろした。

晩秋のわりには日差しが強い。まだ朝だというのに気温もぐんぐん上がっている。

「暑くありませんか？」

助手席の美波は、後ろに座る大隅に声をかけた。スーツ姿の彼は鼻を鳴らしてそっぽを向いた。

大隅は昨夜からヘソを曲げてしまい、ろくに美波らと口を利いていない。トイレから戻ってきて以来、しばらく塔子と酒を酌み交わしていたが、飲み方も急に慎重になって口数も減った。喋り過ぎたと思い直したのか、塔子があれこれ質問をぶつけても、言葉を濁すだけだった。

「今日はなんだってふたりしかいねえ」

大隅は不機嫌そうに口を開いた。

ミニバンに乗っている身辺警戒員は、ハンドルを握る今井と美波だけだった。

「本田と友成は月島署に行ってます。例の放火未遂犯のモンタージュを作成するためです。午前中には合流しますので、安心してください」

「そいつは残念だ。あの暑苦しいあんちゃんどものツラを見なくて済むと思ったのによ」

美波は苦笑してみせた。

本田たちも同じことを言っていた。わずかな時間とはいえ、大隅と離れられるのはありがたいと。

ミニバンは新橋駅方面に向かっていた。行き先は大樹エンタープライズの事務所だ。新橋二丁目の飲食街にあり、大隅は週三回ほどオフィスに顔を出している。

オフィスは、新橋駅西口広場に近い雑居ビルにあった。ビルがある通りは細く、ビルだらけで空が極端に狭い。カラオケ店や飲食店の派手な突出看板が混沌(こんとん)とした印象を与えている。歩道のあちこちには、まだ回収されていないゴミ袋がうず高く積まれ、カラスが地面に落ちた生ゴミをついばんでいる。

オフィスの入ったビルは十階建てで、一階には経営しているラーメン店があった。オフィスは最上階のフロアを丸々借り切っているという。美波らが訪れるのは初めてだ。

今井はミニバンをビルの正面玄関につけた。美波は車を降りると、周囲をチェックした。運転席の今井も降車し、警戒しながら後ろのスライドドアを開ける。

護衛でもっとも神経を使うのは、警護対象者が車から乗り降りする時間だ。襲撃者が待ち伏せしている可能性が高く、隙が生まれやすい。

朝の通りは、出勤中と思しきサラリーマンが行き交うのみで、不審人物は見当たらない。だが、ビルの隙間や物陰など、身を潜められる場所はいくらでもありそうだった。

美波と今井は、ミニバンから降りようとする大隅の両脇をカバーした。

そのときだった。美波は大隅を突き飛ばした。目を丸くする大隅がシートに尻餅をつく。スライドドアを急いで閉じ、雑居ビルに向き直る。今井も同じく身構える。

雑居ビルのエレベーターから、五人もの男たちが姿を現した。全員がやはりスーツを着用していたが、手にはカバンがあった。険しい表情で迫ってくる。

「止まりなさい」

美波はとっさにベルトホルスターに触れた。

「クソ、またあんたか」

先頭の男が立ち止まり、美波たちに鋭い視線を向けた。手島だった。カタギとは思えない敵意と怒気を放っている。

大隅がミニバンの窓を下ろした。「まったく……思いきり突き飛ばしやがって」

「社長」

大隅の姿を認めると、男たちは最敬礼をした。おはようございますと、一斉(いっせい)に声を張り上げた。道行く人々の注目を浴びる。

「往来でそんなでかい声を出すな。ヤクザじゃねえんだぞ」

手島は首を横に振った。

「あんたら……今日はたったふたりしかついてないのか。やっぱり社長を軽く見てやがる」

「今朝は訳あってふたりですが、ふだんはチームを組んで警護しています」

「訳なんか知るか。社長になにかあったら、どう落とし前つけるつもりだ」

美波はあたりに注意を払った。

「何度も言わせないで。なにかあるとしたら、今みたいなときよ。大隅さんをこんな路上で待たせておく気？」

大隅が同意する。

「そのとおりだ。こんなところで揉めてる場合じゃねえ。早くおれを会社に入れてくれ」

男たちは正面玄関の前に立ちふさがっていたが、あわてて脇によけた。

美波がスライドドアを開けると、大隅は大儀そうにミニバンから降り立った。その様子は、やけにぴりぴりとした社員たちと対照的だった。

手島が男たちに顎で指示する。彼らが手に持っていたのは、プレート入りのビジネスバッグだ。襲撃者からの攻撃をふせぐためのシールドとなる。蟻一匹入れないような陣形を作る。

大隅は照れたように頭を掻いた。

「お前ら、ちょっと大げさすぎるぞ」

「そんなことはありません。本来、このぐらいの警備をつけないと」

手島が美波に鋭い視線を向けた。

使いようによっては、彼らの存在は頼もしいといえた。これだけの人数がいれば、機関銃や爆弾でもないかぎり、大隅の命を狙うのは難しいだろう。

大隅の後ろにつき、ビルのなかへ入る。

「あんたらは、車で待ってろ」

大隅はミニバンを指さした。美波は肩をすくめる。

「できればオフィスで待機したいのですが」

エレベーターのかごは六人乗りで小さかった。社員らがすばやく大隅を促し、美波らを乗せまいと動く。

「お断りだ。また部屋の様子をお仲間に密告(チク)られたんじゃ、たまったもんじゃねえからよ」

エレベーターのドアが閉まった。

大隅がオフィスに入れまいとするのは想定内だった。昨夜、〝悪い警官〟役を演じ、彼がセブ島を何度も訪れている事実を塔子に伝えた。彼の不興を買うのは覚悟のうえだ。

「本田がいなくてよかった」

今井がぼそっと言った。

　頭に血が上りやすい本田がこの場にいたら、社員と掴みあいの争いになっていても不思議ではなかった。

　美波らはミニバンに戻った。シートに腰かけると、今井が口を開いた。

「不思議ですね。あだな野郎のどこがいいんだが。ヤクザと役者は一字違いと言うげんども」

「そうね」

　美波は小さく笑い、ビルの最上階に目をやった。

　大隅はわかりやすい人物と見なしていた。他人を陥れてまで出世しようと目論むが、奸計がバレると今度は警察に泣きつく。なりふり構わぬ変節漢で、自分を大きく見せるために、嘘をつかずにいられないホラ吹きだと。

「もしかすると、社員のあれも芝居なのかも」

「ありえっずね」

　今井は深々と息を吐いた。

「そんなに大隅が大事なら、警察なんかに頼んねえで、自分らで守ればいいべした。まったく、いい迷惑だず。タダより高いものはねえと教えてやりだぐなる」

　美波はうなずいてみせた。

　社員たちの物々しい態度は、大隅流のパフォーマンスの可能性があった。未だに大物であるのを示し、自分を粗略に扱うなと、美波たちにアピールする目的があったのかもしれない。

とはいえ、美波も刑事としての眼力には自信がある。多くの暴力団員に接し、連中の小芝居を嫌というほど見てきた。今さら、そんなものに踊らされたりはしない。今井もそうだ。

社員たちは大隅の身を本気で案じ、手薄な警護に本気で腹を立てていた。護衛のひとりが女なのも。親分を軽く見やがって——彼らからは嘘偽りのない怒りを感じた。

「謎の多い人よ。今度の警護対象者(マルタイ)も」

昨夜、大隅は射殺事件の被害者の平井について語った。年寄りばっかりの抹香くさい業界で、イキのいい若い衆を抱えていたと。大隅自身は人望がないかのような口ぶりだったが、大隅の会社にも、懲役覚悟で鉄砲玉になりそうな若者がいそうだった。

警護対象者が謎を隠し持っていたケースは以前にもあった。実業家の布施隆正(ふせたかまさ)がそうだった。元暴力団員という過去と決別し、美波たち身辺警戒員にも協力的だったが、彼は誰にも言えない秘密を抱えていた。

大隅も腹のうちをすべて見せているとは言い難かった。彼は多弁だったが、美波に指摘されるまで、セブ島通いには一切触れてはいなかった。

また、放火未遂事件のおかげで、彼の肉体をわずかに拝(おが)めたが、脚は競走馬のように引き締まっており、筋肉でふくらはぎは盛り上がっていた。彼の脚は修練を欠かさない格闘家のそれだ。

彼の性格からすれば、マッチョな肉体を大いに自慢してもおかしくないはずだが、やはりその点にはまったく触れてはいない。むしろ、だらしなさを強調するかのように振る舞っている。

大隅は、犯人に心当たりがあり過ぎると答えていた。奥心会から六甲華岡組、広島や九州の暴力団、粗暴なカタギ……さまざまな連中から狙われていると答えていたが、彼のなかでは犯人の見当がついているのではないか。しかも、平井組長の射殺事件となんらかの形でつながっているかもしれない……。

見聞きした情報は、昨夜から塔子に提供している。ひさびさに会った彼女は、激務に追われながらも、猛烈なエネルギーを迸らせていた。彼女なら事件の真相を暴いてくれるものと信じている。

「うん？」

今井がドアミラーを見やった。

美波の目も、なにか人影のようなものがよぎるのを捉えていた。ミニバンの後ろになにかがいる。

ドアを開けて降車すると同時に、ベルトホルスターから特殊警棒を抜き出した。ひと振りして特殊警棒を伸ばし、ミニバンの後ろへと駆け寄る。

ふたりの男が、車体の後ろで屈んでいた。

「なにをしてる！」

美波が大声で問い質すと、ふたりの男が同時に顔を上げた。ともに表情を強張らせる。

「あんたたち——」

ふたりには見覚えがあった。

大樹エンタープライズの若い社員だ。ついさっき、美波らにチンピラのごとく敵意を向けてきたばかりだった。

ふたりは作業用具のキリを手にしていた。まっ赤なソフトグリップが目に入る。美波らのミニバンのタイヤに、穴でも開ける気でいたらしい。

「武器を捨てなさい」

美波は命じた。

彼らの目的は不明だ。それゆえに取り押さえなければならない。ふたりはすばやく立ち上がり、美波に背を向けて逃げ出した。

今井が運転席を降り、ふたりを追いかけようとしたが、美波は手を向けて制止した。愛宕署に応援を要請するように指示し、美波がふたりを追跡した。

ふたりは新橋二丁目を北に走った。新橋駅烏森口に差しかかると、多叉路の信号を無視して車道を駆け抜けた。道行くタクシーやトラックが急ブレーキをかけて停止する。仰天している運転手たちを横目に後を追った。

ふたりは若くスタミナがありそうだった。しかし、恰好がスーツに革靴とあって速度はない。スニーカーを履いている美波は距離を徐々に縮めた。彼らはニュー新橋ビルのガラス扉を潜り、建物内へと逃げこむ。

後に続いてビルに入ると、ふたりが階段を下るのが見えた。建物内は多くの飲食店や金券ショップなどのテナントが入り、ランチタイムやアフター5は賑わうものの、朝のこの時間はほとんどの店がシャッターを下ろしており、ガランとしていた。ふたりの目的がわかったような気がした。

イヤホンマイクで今井に居場所を伝えると、美波はふたりに続いて階段を下りた。

地下一階は雑然としていた。居酒屋や飲食店が多く並んでいるため、通路の壁には提灯がぶら下がり、ビールやハイボールのポスターがベタベタと貼られてあった。どの店もまだ営業はしておらず、人気もなく静かだった。開けたばかりと思しきゲームセンターから電子音が聞こえた。

ふたりは逃走を止めて、通路のまん中に立っていた。肩で息をしながら、地下一階に来た美波をじっと見つめる。まるで待ち構えていたかのように。

美波は周囲を見渡した。ふたり以外に気配は感じない。

「どういうつもり？」

ふたりはなにも答えなかった。素直に返事をするとも思っていない。

どちらも二十代と見られ、黒髪を短くカットしていた。シワひとつないスーツを着こなし、地味なネクタイを締めている。ヒゲもない。

片方は身長百八十センチを超える長身で、もうひとりは美波よりも低いが、上半身の筋肉が過剰に発達していた。どちらも、頭からつま先までカタギのナリをしているが、隙のなさすぎる恰好や引き締まった肉体が、新橋という土地では浮いて見える。それほど教育が行き届いており、厳しい掟を守って生きているようだった。警察よりも厳格かもしれない。

「上の命令？」

美波が問うと、長身の男が返答した。

「関係ねえ。おれたちだけだ」

長身の男がキリを遠くに放り投げた。素手だけになり、ポキポキとフシを鳴らす。

「女刑事（メスデカ）なんて、おれひとりで充分だ」

短躯（たんく）の男もキリを捨てる。

「おれに任せろ。お前は隅で見てろよ」

短躯の男が相棒を押しのけた。

胸のなかで安堵と落胆が同時に広がった。思わずため息が漏れる。

この場にいたのが自分ひとりでよかった。部下たちがいたら、制止するのに骨が折れただろう。感情をコントロールする術を身につけたつもりでいたが、頭が怒りでふつふつと沸いてくる。

謀略や罠を警戒していたが、どうやら杞憂のようだった。ただ単に、ふたりが怒りを爆発させただけらしい。なぜ愛する親分を警察なんかが護衛してるのか。警察に頼らなくとも、社員たちだけでやっていけるのだと、実力を誇示したがっていた。

ふたりは明らかに不満顔だった。この人気のない場所に誘いこめたのは、よりによって女性警官だった。これでは腕をアピールできないと顔に書いてある。二対一の勝負に持ちこめたというのに、彼らは武器を放り捨てて、男らしくタイマンでの勝負を挑んでこようとしていた。

美波の警察官人生は、この手の連中の思い上がりを打ち砕くことに費やされてきた。女だからと、まともな仕事を与えようとしなかった上司。男性であるというだけで、根拠もなく自分たちは優れていると驕る同僚や後輩。優良な結婚相手を探していると勝手に見なし、やたらと縁談を勧めてくる者もいた。

それらを拒んで職務に励んできたが、お高くとまっていると反感を買い、力で屈服させようと目論む警官と対峙した。話し合いが通じないとわかれば、実力を見せつけるしかない。それを幾度となく繰り返すうち、マル暴刑事の道を与えられたのだ。

「だいたい、おばさんが護衛やってること自体おかしいだろ。軽く見やがって。警察（サツ）は社長をなんだと思ってやがるんだ。社長の身を本気で護りたいのなら、もっとごっついゴリラみたいな野郎を一ダースくらい用意しやがれってんだ」

短軀の男が肩を怒らせて近づいた。

「軽く見てるのは、果たしてどちらでしょうね」

「んだと――」

短軀の男の顔に特殊警棒の先端を向けた。彼の視線が特殊警棒に集中する。

男に特殊警棒を充分意識させたところで、美波は脚の長さを活かして下段蹴りを放った。相手の膝への関節蹴りは、空手の多くの流派で禁止されている危険な技だ。サッカーのインサイド・キックのように膝の下を蹴り、同時に体重を乗せるのだ。

「あっ！」

短軀の男は叫んで、前のめりになって倒れた。

美波の体重がもっと重たければ、男の膝関節（しつかんせつ）はありえない角度に折れ曲がり、長い入院生活を送ることになっていただろう。

「てめえ！」

長身の男が美波の胸倉を摑んだ。

彼の腕力はなかなかだった。シャツのボタンが弾け飛び、身体のバランスを崩しかける。

彼は柔道の心得でもあるのか、足をかけて大外刈り（おおそとがり）を仕かけようとした。美波はすかさず左手を伸ばす。

足技をかけられる前に、長身の男の右耳を摑んで容赦なく引っ張った。彼は顔を苦痛で歪ませ、美波の頰を張ろうとしたが、先に美波が特殊警棒の柄（え）で殴りつけた。顎に当たり、岩でも叩いたような堅い音がした。彼はシャツから手を離し、その場で膝から崩れ落ちた。

耳への攻撃や関節蹴りといった禁じ手を伝授してくれたのは、美波と同じく警察社会で苦労してきた塔子だ。警察学校では教えてもらえない喧嘩術を知り尽くしていた。

短軀の男が歯を食いしばり、しゃがんだままパンチを打ってきた。美波の太腿に当たったものの、崩れた姿勢で放たれた拳に威力はない。

お返しに回し蹴りを見舞い、短軀の男の右わき腹を叩いた。彼は息をつまらせて床を転がる。

美波は特殊警棒を歯で咥え、ベルトホルスターから手錠を抜き出した。短軀の男の手首に手錠を嵌めた。

特殊警棒を右手で握り、跪（ひざまず）いている長身の男に先端を突きつけた。

「女刑事(メスデカ)にやられて、どんな気分?」

返事はなかった。

長身の男は口のなかを派手に切ったらしく、唇の端から漏れた血が床にポタポタと落ちている。

ふたりは美波を侮(あなど)った。攻撃にもためらいがあった。自分たちの実力を誇示し、警察に一矢報いる気でいたようだが、甘く見たがゆえに対応できなかった。

このふたりに限った話ではない。柔道やアマレスの経験を積んだ腕自慢の警官も、美波が使うえげつない喧嘩殺法に驚愕(きょうがく)し、実力を充分に発揮できずに道場の床に転がった。

特殊警棒を握り直した。思慮の浅い若者を小突いて悦(えつ)に入っている暇はない。階段のほうがにわかに騒がしくなった。大人数の足音がする。

今井とふたりの制服警官が駆け下りてきた。大隅と手島の姿もあった。

「お前ら——」

大隅の顔は青ざめていた。美波は長身の男を見下ろしたまま訊いた。

「大隅さん、これはなんの真似です?」

「社長は関係ねえ」

長身の男が口を開いた。口内の血が盛大に散る。男の言葉を無視して、大隅に冷たく告げる。

「昨夜の意趣返しだとしたら、かなりたちが悪い。私も長いことこの職務に就いてますが、まさか警護対象者に後ろから刺されるとは。ふたりを公務執行妨害の現行犯で逮捕します。前科があるようなら、何年かクサいメシを食べてもらうことになるでしょう」

制服警官らが手錠を持って近づいてきた。ふたりの暴発は、大隅に圧力をかけるチャンスでもあった。

長身の男がなおもわめいた。

「おい、とっとと逮捕(パク)って、署にでもなんでも引っ張れや！」

大隅が制服警官らを追い抜いた。美波へと駆け寄ってくる。制服警官らが彼を制止しようとする前に、美波は掌を向けて止めた。

大隅が長身の男の横で跪いた。深々と頭を下げて額を床につける。意外な行動だ。

「すまない。おれのせいだ」

美波は眉をひそめた。

今までの大隅の行動や言動からすれば、ふたりを冷ややかに切り捨てるかもしれないと予想していた。子分がバカをやらかせば、すぐに破門にして、他人のフリをしてシラを切る。これまで大隅は損得勘定でしかモノを考えない身勝手なヤクザを演じてきた。美波たちの目を欺(あざむ)く役者であり、頭を下げている今も演技を続けているのかもしれない。

ただし、大隅に対する見方を変える必要があった。少なくとも、意地汚い拝金主義のヤクザ崩れではない。大樹エンタープライズの社員たちは、手段はどうあれ、大隅の身を心の底から案じているのはわかった。逮捕されるとわかっていながら、警官に挑みかかってくるバカまでいるくらいだ。

ヤクザの世界では、親分のために身体を張れる子分が三人いれば、天下をも取れると言われている。大隅は奥心会を追い出されたにもかかわらず、忠実な手下を多く抱えているらしかった。

「こいつはおれの責任です。社長は本当に関係ないんだ」

手島も大隅に続いて土下座をした。動揺しているのか、身体が小刻みに震えている。

短軀の男がうずくまりながらうなる。

「社長……兄貴、やめてください。おれらだけで、きちんとケジメつけますから」

「口を閉じろ」

大隅は短軀の男の首根っこを摑むと、無理やり頭を下げさせた。男が苦痛のうめきを漏らす。

美波は首を横に振った。

「浪花節はそこまでにしましょう。土下座で済むのなら、警察も刑務所もいりません」

「それもそうだ」

大隅が顔をゆっくりと上げた。

額は床に押しつけたせいで赤くなっている。彼はメガネを外して床に置いた。ずっと目をブラウンのレンズで隠していた。意志の強そうな光が宿っている。

「ムシのいい話だが、このバカどもを許してやっちゃくれないだろうか」

制服警官らが呆れたように口を歪めた。ふたりが目を見開いた。

「社長……」

大隅は上目で美波を見つめた。真剣な顔つきだ。

ついさっき、今井と大隅について話をしたばかりだった。ヤクザと役者は一字違い。実力のある暴力団員ほど、人心を思い通りに摑む術を知っている。そのためなら、一般市民が思いつかないようなパフォーマンスもやってのける。流血や土下座などは挨拶程度に過ぎない。

若者ふたりによる暴発自体も、なにか裏があるのではと、頭を下げられた今も疑っている。

しかし、カタギとしてやってきた者たちに、マル暴刑事を襲わせたところで、メリットなどなにもありはしない。警察から暴力団の企業舎弟として睨まれ、二度と商売に励めなくなるほどの仕置きを加えられるだけだ。

大隅はともかく、手下たちまでが名優とは思えなかった。若者たちは美波らを本気で怒り、警察の手薄な守りに憂い、ヤンチャな精神を抑えきれずに腕ずくで挑んできた。

身辺警護に神経を尖らせているときに、若者らの愚かな腕試しにつき合わされ、美波の心もだいぶかき乱された。相手を病院送りにしかねない喧嘩技まで使ってしまった。

「ムシがよすぎますね。見返りは？」

不愉快そうに自分のシャツの胸元に触れた。長身の男に摑まれたさいに、第一ボタンが弾け飛んでいた。

大隅は観念したように息を吐いた。

「情報（ネタ）をやる」

「どんな」

あえて尋ねてみた。

「おれを狙ってる連中のことだ」

大隅の答えは率直だった。これまでは煙に巻くような言動ばかり繰り返していたが。

「おそらく、そいつは平井殺しにもかかわってる」

12

懐（なつ）かしい匂いがした。

塔子が歩いているのは、三ノ輪（みのわ）駅から離れた台東区の商店街だ。真昼間だというのに、店の多くがシャッターを下ろしていた。地元の住民らしき老人がぶらぶらと歩いている程度で、東京二十三区内にいるとは思えないほどの静けさが漂っている。

商店街は少し前まで全蓋式のアーケードで覆われていた。昭和の匂いを濃密に漂わせていたが、老朽化でアーケードが撤去された今は青空が見え、かつての混沌とした気配がだいぶ薄れていた。風景こそ大きく変わったものの、それでも下町独特の埃っぽい匂いがした。

塔子が生まれ育った月島も、今でこそタワーマンションが並び、もんじゃ焼き店で賑わう観光地と化したが、かつては、昼間から酒の臭いをぷんぷんさせた中年男がうろつき、サドルのない自転車だのが無数に放置され、この街とそっくりの香りがした。

コロッケやフライを売る肉屋や、色褪せた食品サンプルを並べた古い喫茶店の前を通り過ぎる。シャッターが下りた店の前で、ボロボロのブルゾンを着た老人が地べたに座ってワンカップを飲んでいた。

塔子を案内していた松岡が足を止めた。

「おっと、こっちだ」

商店街を外れ、旅館だらけの通りに差しかかった。

視界が旅館の看板で覆い尽くされる。昭和風の日本旅館らしいものもあれば、英語や中国語で記されたゲストハウスもある。

そこは、かつて日本最大級のドヤ街として知られ、多くの労働者で賑わったらしいが、今は独り者の老人や外国人のバックパッカーが集まる。

松岡が看板を指した。〝ホテル福寿(ふくじゅ)〟と記されており、四階建てのくたびれたビルだ。

「あそこだ。まだ生きていればの話だが」

塔子はうなずいてみせた。

捜査本部の空気が変わりつつあった。平井を射殺したのは、対立組織の六甲華岡組系の犯行とばかり思われていたが、身内である奥心会が事件に関与している可能性が浮上したからだ。

捜査主任である沢木は、捜査員二名をフィリピンに派遣した。九年前の冬、奥心会の前身である蔵田会のトップだった蔵田亮二郎が、セブ島の海で事故死している。

彼が死亡した日の四日前、平井が同じくセブ島を訪れているのが渡航歴から判明した。さらに平井の刑務所仲間で、奥心会の元理事長である山根昌平も、蔵田の死の一週間前から同地に滞在していたとわかった。

奥心会のトップである奥西陽介もセブ島と接点があった。蔵田が死亡したときは日本にいたが、その約一年前から四度もフィリピンに飛んでいた。蔵田の死亡後は一度も訪問していない。

奥心会は、平井襲撃に使われたのと同型のスーパーカブを、企業舎弟の社員を通じて購入もしている。沢木は徹底して奥心会を洗うべきと判断した。沈滞ムードが漂っていた捜査本部は活気を取り戻したところだ。

〝ホテル福寿〟の玄関を潜った。小さな自動販売機がうなっているだけで、フロントに人の姿はなくロビーは静かだった。宿泊客のほぼ全員が老人らしいが、バリアフリー化はされておらず、玄関の段差はかなり高い。靴を脱いで上がる。

ロビーには観光案内のパンフレットの類はなく、シャワールームや洗濯機の利用時間などが記された注意書きが壁を埋め尽くしている。

松岡はフロントを通過し、慣れた様子で階段に近づき、上階へと声をかけた。

「おばちゃん、ちょっといいかい」

上のフロアで掃除機の音がしていたが、松岡の声をきっかけに止み、エプロン姿の老婆が下りてきた。

彼女は怪訝な顔をしたが、松岡の姿を認めると、拍子抜けしたように言った。

「なんだ。松岡さん」

「しばらく」

ドヤ街の南側は浅草署の管轄だ。松岡にとっては庭のようなものらしい。

六甲華岡組の構成員の取り調べには手を焼かされ、メンツも大いに傷つけられた松岡だったが、奥心会への内偵で息を吹き返した。本庁組対四課に在籍していた彼は、都内の暴力団員の顔と住処を記憶していた。足を洗った元極道に関しても同様だ。奥心会や前身の蔵田会をよく知る人物に心当たりがあるらしく、塔子は彼についてきたのだった。

松岡は客室がある上の階を指さした。

「比良さん、いる？」

「公園じゃない」

老婆が答えると、彼はほっと息を吐いた。

「よかった。まだ生きていたか」

老婆が破顔した。

「元気も元気。このあたりの外国人をナンパしてばかりいるよ」

「ありがとうさん」

老婆に礼を言い、松岡とともに宿泊所を出ると、東にある玉姫公園に向かった。彼は途中で菓子店に寄り、饅頭とどら焼きをたくさん買った。

「比良の野郎は甘いモノに目がなくてね。酒はからっきしで、奈良漬けでぶっ倒れるような下戸だ。さて、やっこさんを見つけて、汚名返上といきたいな」

「松岡さんは、蔵田会をご存じでしたか？」

「まあね。なにしろ、卒配で勤務したのがここのマンモス交番だったからな。高校を出たばかりのガキだったんで、このあたりの荒くれ者やチンピラにずいぶんと泣かされたもんだ。蔵田会はこのあたりで人夫出しをやっていた。比良もこのあたりで日雇い労働者相手に、仕事の斡旋や賭場を開いて、肩で風を切って歩いていたもんだよ。あのころは、老後をここのドヤで過ごすとは思ってなかっただろうな」

比良克則は蔵田亮二郎の元舎弟で、今は簡易宿泊所暮らしの老人だ。

彼自身も比良組なる組織を率いる親分で、浅草や南千住を縄張りとしていたが、奥西が蔵田会の跡を継いださいに引退している。南千住駅近くにペットショップとラーメン店を所有していたが、店の経営に失敗し、自宅や財産をきれいに失ったという。

玉姫公園に近づくにつれ、人の姿が急に増えていった。植え込みに覆われた公園には、外の公道まで行列ができている。

市民団体が公園内にテントを張り、炊き出しを行っているらしく、みそ汁の匂いが漂ってきた。列に並んでいるのは、簡易宿泊所で暮らす老人やホームレスだった。プラスチック容器に入ったおこわとカップみそ汁を手にし、ベンチや地べたに座って食べていた。

公園の外には、顔をソフト帽とマスクで隠した男たちがいた。サファリジャケットを着て、カメラを構えていた。彼らは淡々とシャッターを切っていたが、この場にそぐわないスーツ姿の男女に気づいて視線を向けてきた。

松岡は男たちに軽く手を上げた。彼らは浅草署の公安係らしく、殺人捜査を手がけている同僚の姿に目を丸くした。松岡はすまなそうに手刀を切り、彼らの前を通り過ぎた。

サファリジャケットの男が露骨に眉をひそめたが、なにも言ってはこなかった。

　警察組織は、どこの部署も縄張り意識が強い。とりわけエリートと自負する公安連中は、縄張りを少しでも侵されようものなら、蜂の巣を突いたように騒ぎ立てるものだが、ベテラン刑事の松岡の顔がモノを言ったらしい。

　ヤクザから情報を取れないマル暴のロートル。松岡には悪印象を抱いていたが、自分の思慮の浅さを恥じた。

　公安係に仁義を切って、公園のなかへと入ったが、今度は市民団体や列に並んでいる人間たちから睨まれる羽目となった。

　容器におこわをよそっていたメガネの中年女性が、それこそテリトリー内に入られた犬のような険しい形相になり、しゃもじを手にしながら、塔子らに駆け寄ってきた。

「区には公園の使用許可を得ていますが？」

　今度は塔子がへりくだってみせた。

　自分の目つきがむやみに鋭く、とても柔和な顔立ちとは言えないのをよく知っているだけに、迎合の笑みを見せて敵意がないのを示してみせた。

「邪魔はしません。どうぞ続けてください」

「なんの用ですか？」

　中年女性の態度は硬いままだった。

無理もなかった。公園の外では、公安係が露骨にカメラのレンズを向けている。連中とは目的も部署も違うと言ったところで、市民団体側からすれば同じ穴のムジナでしかない。警察手帳を見せて、氏名と所属先を教えろと迫られた。

中年女性の要望に応じ、名刺も渡して事情を説明している最中に、ひとりの老人が声をかけてきた。

「松岡さん、どうしたの」

「おお。親分、あんたを探してたんだ」

松岡が指を鳴らした。

「おれにかい？」

老人はジャイアンツの帽子をかぶり、シミのついたジャージの上下を着ていた。肌はまっ黒に焼け、前歯が一本欠けているせいもあって、朴訥(ぼくとつ)な農夫か漁師のように見える。彼が比良のようだった。松岡が比良の顔見知りだとわかると、中年女性は仕方なさそうにテントへと引き上げていった。

「刑事さんに探してたって言われると、なんだか怖くなってくるな。まさか逮捕状(フダ)まで持ってきたわけじゃないだろう」

「逮捕状(フダ)はないが、土産(みやげ)は持ってきた。みんなで食べてくれないか」

松岡が菓子の入った紙袋を手渡すと、比良は嬉しそうに目を輝かせた。

「長生きはするもんだな。昔はあんたに何度も事務所をガチャガチャにされたもんだが……わざわざ、こんなところまで足を運ぶくらいだ。よっぽどの用があるみたいだな」

比良は怪訝な顔で塔子を見やった。塔子は一礼して、彼に名刺を渡しながら名乗った。

「捜査一課って……どっかのヤクザ崩れが放火や殺しでもやらかしたのか？　あいにく、昔の連中とはほとんど縁が切れちまって、教えてやれそうなことなんかないぜ」

松岡が軽く肩を叩いた。

「昔話でいいんだ。少し顔を貸してくれ」

「こんなにデザートをもらっちまったら断れねえな」

比良とともに玉姫公園を離れ、吉野通りにある喫茶店に入った。コーヒーをオーダーすると、比良はさっそくどら焼きにかぶりついた。

「捜査一課のお姉さんとつるんで昔話だなんて、どういう風の吹き回しなんだい」

塔子は慎重に言葉を選んで言った。

「詳細は明かせないのですが、ある事件の捜査で奥心会に行き当たりまして。前身の蔵田会を知る方々にお話をうかがっているところです」

「ある事件ね……」

比良はしばらくもぐもぐと口を動かし、どら焼きをコーヒーで流しこんだ。

「もしかすると、平井が弾かれた件か？」

どう答えるべきか、松岡が目で尋ねてきた。

塔子は一瞬、答えに窮した。刑事ふたりの戸惑いを見抜いたのか、比良がひっそり笑う。

「捜査一課の刑事さんが、浅草署の者(もん)と土産まで持ってやって来たんだ。ただ事じゃないって気がしたよ。最近の浅草でただ事じゃないことっていえば、平井たちが殺された話以外に考えられねえもんな」

相槌を打ってみせた。

「そのとおりです」

比良はどら焼きを齧(かじ)りながら手を振った。

「心配いらねえよ。今はただのプータローで、奥心会にチクるような真似はしねえ。だいたい、連中とは反目(ハンメ)だったしな。山根が覚せい剤(シャブ)で逮捕(パク)られたのを食堂のテレビで見たが、その場にいる客全員に酒を奢って、財布をすっからかんにしちまったぐらいだ」

「あんたが足を洗ったのも、奥西の盃を呑む気になれなかったからだよな」

松岡が話を合わせた。比良の口調が熱を帯びる。

「あんな野郎の盃なんてごめんだね。おれが惚れたのは蔵田亮二郎だけだ。蔵田の兄貴がいなくなったら、業界にいる理由なんかねえよ。だいたい、なにが奥心会だ。奥西め、跡を継いだらすぐに蔵田の名跡(みょうせき)を消しやがった。兄貴の三回忌も済まさないうちにな。ふざけた外道だよ」

比良の奥心会に対する遠慮のなさを見るかぎり、昔話を拝聴するにはぴったりの人物といえた。

捜査本部は奥心会に関心を抱き始めたが、簡単に組織の内部事情を打ち明けてくれる者など、六甲華岡組のときと同じく、そう簡単には見つけられていない。奥心会を快く思わない者がいたとしても、暴力を怖れて口を閉ざす。暴力団絡みの捜査は何度か手がけているが、情報提供者や証人を確保するのに苦労させられた。

とりわけ、今回は極道の代名詞のような存在である巨大組織の華岡組系とあって、現役組員はもとより、元組員や一般人は沈黙を選んだ。

松岡が水を向けた。

「蔵田親分が、あんな亡くなり方をしてなかったらな」

「今も蔵田の名跡は守られただろうに」

比良のコーヒーがソーサーにこぼれた。カップを持つ手が怒りで震えていた。

塔子は割って入った。

「ということは、蔵田会長が存命であったなら、奥西氏が跡目を継げなかったということですか?」

比良は言葉をつまらせた。さすがに喋り過ぎたかと、冷静さを取り戻しかけていた。松岡が微笑みかける。

「心配するな。あんたのことはきっちり面倒を見る」

「……そうしてもらいたいな。奥西は手段を選ばねえからよ。えげつねえ真似を平気でやる。老いぼれのプータローの放言ですら、野郎の耳に入ったらコレさ」

比良は手刀で首を切る真似をした。

彼は奥西をひどく憎んでいるようだが、同時にひどく怖れているようだった。

奥西の身上調査書には目を通していたが、書類からはその怖さを感じ取れなかった。過去に詐欺や貸金業法違反などの逮捕歴があるのみで、切った張ったといった荒事と縁のない経済ヤクザと見なされていた。おもなシノギは闇金融だが、振り込め詐欺や未公開株詐欺に手を染めた半グレを飼っているという。

塔子は再度訊いた。

「蔵田会長は、奥西氏を後継者にする気はなかったんですか？」

比良は帽子を取って、白髪頭をボリボリと掻いた。打って変わって声量を下げる。

「好いちゃいなかった。もちろん、好き嫌いで判断するほど、兄貴の器は小さくはねえ。奥西の実力は買っていたし、きれい事ばかりじゃ組織が保たねえ状況にあるのも理解していた。だからこそ、奥西には理事長の座を与えていたが、あいつが運んできたカネの出所が、年寄りから詐欺で騙し取ったものだと知って、さすがにうんざりしていたんだよ。だけど、あいつを破門したくとも、もう周りが許さねえ。蔵田会の長老や幹部はもちろん、上部団体（うえ）の東堂会の親分衆にもせっせと贈り物をしてやがった」

「蔵田会長とはまるで水と油ですね」

蔵田亮二郎の性格は、美波の警護対象者である大隅からも聞いていた。

——侠客だなんだと持て囃されて、ファンはやたら多かったが、きれいごとしか言えねえ昭和のミイラだ。

大隅はかつての親をそう酷評したものだった。

比良はあたりを確かめてから顔を近づけた。風呂にきちんと入っていないのか、魚とシナモンを混ぜ合わせたような垢臭さ（あかくさ）が鼻に届いた。悪臭をガマンして耳を傾けた。

「振り込め詐欺だけじゃねえ。昔からクスリにも触ってるという噂があった。売人からカスリを取っていたんだ」

「蔵田会は覚せい剤を扱うのは厳禁だったと聞いてます」

「もちろんだ。縄張り（シマ）内で覚せい剤（シャブ）捌いてるようなバカがいたら、そいつにどんなケツモチがいようが、二度と商売をする気にさせないようにお灸（きゅう）を据えたもんだ」

松岡が腕組みをしてうなった。

「奥西がクスリに触ってたとは初耳だ」

「そりゃそうだ。会の誰にも尻尾を摑ませなかったぐらいだからな。噂を耳にするたびに、兄貴は厳しく問いつめたが、妬んでる貧乏ヤクザが流したガセネタだと言い逃れてた。証拠なんかなくとも処分ができる世界だが、噂程度で稼ぎ頭の奥西を切れはしねえ。兄貴も歯がゆい思いをしていたと思う。有能な子分には違いねえが、兄貴とはあまりに考え方が違っていたのは事実だ。当時を知るやつらなら、みんなそう言うだろうよ」

蔵田会はトップの蔵田亮二郎の急死を受け、緊急幹部会を招集した。比良を含めた少数の幹部が反対の声をあげたが、圧倒的な資金力を持ち、蔵田の娘婿（むすめむこ）でもあった奥西が会長代行の座についた。蔵田の死から四十九日を経ると、蔵田会二代目の襲名披露を行っている。

松岡が咳払いをした。

「かりに、蔵田親分が生きていたとしたら、誰を跡目に指名したと思う？」

比良は天井を見上げた。

「そうだな。兄貴の側近だった舎弟頭は糖尿で目が見えなくなったし、眼鏡にかなう者（もん）といえば……そういえば、あいつがいたな」

「誰だい」

「大隅だよ。大隅直樹」

「え⁉」

塔子は思わず声をあげた。

「もう、あいつには会ったのか？　極道とはいえ、なかなかいい男だっただろう」

比良がニコニコと笑った。皮肉や嫌味は見てとれない。

「え、ええ」

とっさに本心とは異なる答えが出た。

比良は奥西を外道と評したが、塔子からすれば大隅も同じく仁義を無視した食えない悪党にしか見えなかった。また、比良が今のヤクザ社会に疎いのもわかった。

松岡が告げた。

「大隅もつい先日、極道から足を洗ったよ」

「だろうな……奥西の下じゃやっていけねえってことだろう。まあ、やっこさんは商売上手だから、ドヤに流れてきたりはしねえだろうけどな」

塔子は尋ねた。

「蔵田会長が、あの大隅さんを後継者に考えていたというのは、本当ですか」

「兄貴の身の回りの世話を何年もやってきただけあって、兄貴の哲学ってもんをよく理解していたよ。たとえシノギができねえ冬の時代だからといって、クスリや電話なんかでカタギを食いものにするようなクズにはなるなとな。もっとも、兄貴もおれもきれいな商売ばかりやってきたわけじゃねえし、賭場の開帳だので何度も逮捕されてる。だけど、クズはクズなりの矜持（きょうじ）ってもんを持って、越えちゃならねえ一線は絶対に死守しろってのが、兄貴の教えだった。大隅はそれをきちんと守ってきた」

「でも、当時の蔵田会において、大隅さんはまだ若衆のひとりに過ぎなかったはずです」

「兄貴は、少なくともあと六年は会長の座に留(とど)まる気でいた。冬を暖かいフィリピンで過ごすようになったのも、主治医のアドバイスに従ったからだ。リゾート地でのんびりと好きな釣りを愉しんで、日々のストレスを減らし、水中ウォーキングやジムで身体を鍛えてた。自分が生きている間に、大隅を徐々に重職に就けて、泥にまみれた看板を光らせようと、ひそかに考えていたんだ」

塔子はコーヒーを飲んで心を落ち着かせた。

早合点(はやがてん)は禁物だ。比良は奥西と対立関係にあった男だ。当の本人が正直に打ち明けたつもりでも、嫌悪していた人間に対しては無意識にアンフェアな証言をしてしまうものだ。

隣の松岡に目で訊いたが、彼も初耳といった様子で軽く首を振る。

核心に迫ってみた。

「つまり、蔵田会長が亡くなって、喜んだ者が少なからずいたということですね」

比良が押し黙った。

あまりに質問が直接的だったかと、話題を切り替えようとしたが、彼がため息まじりに口を開いた。

「兄貴が死んだときを思い出しちまったよ。奥西や山根は目を腫らして、葬儀の場じゃあたりはばからずに男泣きしてたもんだが、死の知らせを聞いたその日に腹心を集めて、二代目蔵田会の準備と根回しに取りかかってやがった。多くの野郎が奥西に媚を売ってる最中、大隅はといえば、葬式をサポートしてくれる葬儀屋を探して、関東中を駆けずり回っていた。ヤクザの冠婚葬祭に関わったと知られれば、お上に睨まれて潰される時代だ。さんざん断られながらも、手を尽くして葬儀屋も坊主も用意した。葬儀を終えた後も、憔悴しきってた姐さんを介抱してたよ。あいつが跡目を継いでいたら、おれは下についていたかもな」

比良は洟をすすった。

やはり、大隅という男はなにか隠している。美波からの情報によれば、蔵田の死後にセブ島へと何度も足を運んでいる。

その目的は、現地妻と遊ぶためと言っていたが、真意は別のところにありそうだった。

13

キックボクシングのジムのなかは、汗と芳香剤の臭いが混ざり合っていた。

すでに練習生が帰った後の時間帯だったが、リングからは異様な熱気が伝わってくる。

本田が肩で息をしていた。Tシャツが大量の汗でぐっしょりと濡れそぼっている。十六オンスの重たいグローブとヘッドギアで守られているが、いいパンチをけっこう喰らい、額にはグローブの跡が残っていた。太腿に下段蹴りを何度ももらっている。相手は同じくヘッドギアをつけた大隅だ。

本田はスパーリング相手を喜んで買って出たが、今はすっかり余裕をなくしている。大隅は同じく汗だくになりながらも、ガードをしっかり固め、軽快にフットワークを駆使していた。

大隅がワンツーを放ち、本田は上体を振ってかわしたが、そのパンチのキレに目を丸くする。驚いているのは本田だけではない。友成や今井も同じだった。リングの外で仰天している。

本田はチームのなかで抜群の運動能力を誇る。銃剣道のプロフェッショナルで、プロレスラーになるのを夢見ていた過去もあり、空手やアマレスも習得している。総合格闘技のジムのオーナーからは、警官を辞めて格闘家に転身しろと、何度も勧誘を受けるほどだ。

大隅にキックボクシングの経験があったとはいえ、それはもう三十年近くも前の話だ。彼はヤクザとなってから、自分がいかに享楽的な生活を送ってきたかを吹聴し続けたが、ひと回りも若い屈強な警官相手に健闘していた。

大隅は白い長袖のシャツを着ていた。滝のような汗でシャツが肌にぺったりと貼りつき、手首まで彫られた夜桜と鯉の刺青が透けて見える。

青い染料と派手な絵柄に目を奪われそうになるが、大隅の肉体は見事にシェイプされていた。大隅は酒色三昧な暮らしを送っているように見せつつ、この錦糸町にある老舗のジムで、ひそかに肉体をいじめ抜いていたのだ。ここは彼のキックボクサー時代の所属先でもある。営業時間を終えた深夜に足を運び、インストラクター相手に実戦さながらのスパーリングを重ねていた。

ガラの悪いメガネを外しているためか、むやみに挑発的だったこれまでの彼とは別人のようだ。走りこみも相当やっている。殴り合いがどれほど疲労するのかを、格闘技経験のある美波らはよく知っていた。よほどのスタミナがなければ、三分一ラウンドさえもこなせない。

三ラウンド目に入っても、大隅の動きは鈍らなかった。シッと息を吐き、ムエタイ式のミドルキックを放った。ガードを上げていた本田のわき腹に当たり、肉を打つ音がジム内に響き渡る。

「痛っ」

本田が顔を歪ませると同時に、上から振り下ろすような左フックを繰り出した。

体重が乗ったパンチが大隅の鼻に直撃し、彼は尻もちをついた。鼻血がキャンバスに滴り落ちる。

「ヤ、ヤベっ。モロに入っちゃった。大丈夫っすか」

大隅がシャツの袖で鼻血を拭った。口や胸元がまっ赤に染まる。

「気づかいはいらねえ。続けようぜ」

「いやいやいや。手当てしましょうよ」

本田が両手を振った。

両者の実力に大きな差はないようだった。大隅の攻めをさばき切れず、本田は本気の左フックを叩きこんだ。警護対象者にパンチを喰らわせるなど、警察官人生で初めての経験だろう。

大隅がファイティングポーズを取った。鼻血を流したまま、身体を揺さぶる。

「おれをぶん殴りたくてしょうがなかっただろう。絶好のチャンスじゃねえか」

「そりゃそうですけど――」

本田が思わず本音を漏らし、あわてて口を閉じる。

美波は丸椅子と救急箱を持ってコーナーに上がった。

「大隅さん。我々は、あくまであなたのコンディションを整えるためにつき合っているんです。ここで無理をしたら元も子もない」

「……たしかにそうだ」

コーナーに丸椅子を置くと、大隅はどっかりと腰を下ろした。

スパーリングの続行を望んだ彼だが、かなりのスタミナを消費したらしく、口で激しく呼吸をする。

「情けねえ。これでもけっこう鍛えていたつもりだが、三ラウンドで早くもガス欠だ」

大隅のヘッドギアを外し、ティッシュペーパーで鼻や口を拭ってやった。水で湿らせた脱脂綿を鼻の穴につめる。

「とんでもない。本田は警視庁でも指折りの猛者です。彼を相手に四十五歳になったあなたが、ここまで動けるなんて。私も含めて全員が驚いてます」

「まだ努力が足りねえな。ホプキンスやフォアマンは四十代後半になっても、チャンピオンになってたぜ。あーあ、警官をどつける機会なんてめったにないのによ」

大隅のへらず口は相変わらずだ。

とはいえ、ここ数日で大隅とは信頼関係を築きつつあった。彼をもっとも嫌悪していたはずの本田は、大隅の具合を心配そうに見つめている。

転機は、五日前の新橋でのトラブルだ。雨降って地固まるといった言葉が当てはまる。若い社員ふたりの暴走を見逃すかわりに、企みを話すよう大隅に迫ったのだ。

なんのために、蔵田の死後にフィリピンのセブ島を何度も訪れているのか。なんのために、肉体を鍛えあげているのか。盾になるのを厭わない若者を抱えているにもかかわらず、警察にすり寄ったのはなぜか。疑問は尽きなかった。

平井組長射殺事件を追っている浅草署の捜査本部も、大隅には並々ならぬ関心を抱いていた。華岡組の分裂抗争と見られた射殺事件は、東堂会系奥心会による組織的な犯行との見方を強めている。

捜査本部は、奥心会の前身である蔵田会のトップだった蔵田亮二郎の事故死が、今回の事件に関係しているのではと睨み、フィリピンに捜査員まで派遣。また、大隅を事件の真相を知るキーマンと見ていた。

美波はこの五日間を振り返った。

新橋でのトラブルをきっかけに、射殺事件の真相も明らかになりつつある。

「情報（ネタ）をやる」

大隅はニュー新橋ビルの通路で土下座しながら取引を申し出た。

「ただ……浅草署はまずい」

「なぜです」

「奥心会が聞き耳を立ててる」

大隅の表情はかつてないほど真剣だった。美波もうなずくしかなかった。

身内を疑うわけではなかったが、浅草署の捜査本部には大勢の警察官が駆り出されている。殺人捜査のプロである捜査一課だけではなく、浅草署の刑事はもちろん、ふだんは交番勤務に勤（いそ）しむ地域課の制服警官もだ。近隣の警察署からも応援部隊が派遣されている。

人数が大きくなるほど、情報管理は難しくなるものだ。大隅が提供する情報が、奥心会の耳に入らないとは断言できない。

美波は尋ねた。

「どこなら話せます？」

「いくつか秘密基地を持ってる。そこでなら」

捜査本部も大隅の条件を呑んだ。

事情聴取が行われたのは、江戸川区西葛西の静かな住宅街にある古いマンションの一室だった。荒川河口付近にあり、自然にあふれた緑地公園が見下ろせる。大隅が一家を構えていたころ、客分の住処や、揉め事が起きたさいの待機所として使われたという。家具からベッド、食器類まで揃っていた。

潮風で建物はだいぶ傷んでいたものの、マメに掃除を行っており、２ＤＫという部屋の広さもあり、ビジネスホテルよりも快適に過ごせそうだった。

捜査本部は秘密保持のため、捜査主任である沢木が調書作成担当の若手ひとりのみを連れ、西葛西のマンションに赴いた。美波は同席を許された。

「よろしいんですか？　私は平井殺しの件とは無関係ですが」

沢木に尋ねると、逆に彼から頭を下げられた。

「大隅氏ともっとも信頼関係を築いているのはあなただ、片桐警部補。捜査本部の人間かどうかはこのさい関係ない。同席を許すというより、あなたの手を借りたい」

花形である捜査一課には、総じて自信家でプライドが高い刑事が多い。友である塔子が典型的だ。ともすれば他の部署の者を蔑(さげす)みがちにもなるが、沢木にはそうした驕りは見られなかった。断る理由はない。

大隅からも同席を乞(こ)われた。あんたにも聞いてもらいたい話なのだと。

事情聴取は部屋のリビングで行われた。リビングにいるのは、美波と沢木、調書作成担当の若手刑事、それに大隅の四人のみだった。美波の部下たちはマンションの正面玄関と裏手の非常口付近で待機し、警戒に当たった。

沢木と挨拶もそこそこに、大隅はダイニングテーブルにＩＣレコーダーを置いた。

「会話を録音するのですか」

沢木の問いに対し、大隅は首を横に振った。

「そうじゃねえ。これにあんたらが知りたがっていた情報(ネタ)が入ってる」

大隅はＩＣレコーダーを操作した。

彼がボタンを押すと、男の低い声がスピーカーから流れた。耳を澄ませたが、内容はわからない。日本語ではなかったからだ。英語ですらない。

美波が訊いた。

「タガログ語ですか」

「惜しい。セブアノ語だ。セブ島の住人が日常的に使ってる」

話の内容はわからない。ただ、男の声は震えており、ときおり洟をすすっている。

大隅はICレコーダーを顎で指した。

「肝心な話の中身だが、喋ってるのはセブ島の釣り船屋の店主だ」

「釣り船……というと、この人は」

「九年前に、蔵田と釣り客を乗せてる。そのときになにがあったのかを語ってもらったんだ。あの転覆事故が起きてから、店主はすぐに店を閉じちまってよ。釣り船屋を他人に譲って、中東に出稼ぎに行っちまってた。おかげで当時の話を聞くのに何年もかかった」

「ひどく怯えているみたい」

美波は大隅をまっすぐに見つめた。彼は悪びれる様子もなく視線を受け止める。

「紳士的にってわけにはいかねえ。なにしろ、転覆事故に見せかけて殺したんだ。真相を打ち明けてもらうには、ちょいと力が必要だった」

「殺し……」

美波は思わず呟いた。

ICレコーダーから、釣り船屋の店主という男の声とともに、大隅のものと思しき怒声が聞こえた。

男の許しを乞うような弱々しい声音は憐れみを誘ったが、大隅の怒声にも哀しみがともなっていた。セブアノ語で厳しく問いつめながら、男と同じく泣いているようだった。

九年前の冬、大隅の親分だった蔵田亮二郎は、セブ島の海で事故死したと思われていた。しかし、彼が死亡した時期に子分だった山根と、刑務所仲間だった平井も同地に滞在していた。

沢木が顔を引き締めた。

「平井と山根ですね」

大隅がうなずいた。

「カネと脅しさ。蔵田（オヤジ）が乗るバンカーボートに細工をするよう、この店主はふたりから強要されたんだそうだ。脅されて仕方なくと、泣きべそ掻きながら言い訳していたが、じっさいはノリノリで引き受けたのかもな。ギャンブルでたんまり借金をこさえてやがった。要するに、山根らがこの釣り船屋をそそのかして、蔵田（オヤジ）を事故に見せかけて殺（や）ったってわけだ」

「セブ島に何度も足を運んだのは、やはりこうして真相を暴くためだったわけですか」

「でもよ、任侠映画みてえに親の仇を討とうなんて殊勝な考えを持っていたわけじゃねえんだ。蔵田って爺（じい）さんは子分が食っていけねえってのに、きれえごとばかり抜かす見栄（みえ）っ張りだったからな。だから子に足をすくわれる」

美波と沢木は目を合わせた。

潔（いさぎよ）く情報を与えてくれたが、大隅のひねくれた物言いは相変わらずだった。そのきれいごとばかり抜かす爺さんのために、数年がかりで調査を行い、店主の告白にも悲憤を隠せず男泣きしている。

大隅がＩＣレコーダーを沢木の前に置いた。

「あんたらにやるよ。セブアノ語のできる人間に聞かせて、ウラを取ってみるんだな。言っておくが、この店主はちゃんと生きてるし、何度か小突いて脅しつけてはいるが、いくらかのカネを握らせて、マニラに住まわせた。あのままセブ島にいたんじゃ、口を封じられるおそれがあった」

「口封じ……」

沢木が咳払いをしてから訊いた。「山根と平井に殺しを命じたのは、奥心会会長の奥西陽介ですね」

「たぶんな」

「次は平井を問いつめるつもりだった。だが、その前にこれだ」

大隅は拳銃を撃つフリをした。

部屋の温度が急に上がったような気がした。沢木の表情が張りつめる。

捜査本部は当初こそ、ふたつの華岡組による分裂抗争と見なし、対立組織である六甲華岡組系の犯行と読んだ。しかし、塔子の熱心な聞きこみなどもあって方針を転換させ、捜査対象を奥心会へと変えつつあった。そして、ついに奥心会と平井殺害を結びつける重要証言を得たのだ。

大隅が息を吐いた。

「ヤクザに証拠はいらねえとはいえ、奥西はすでに蔵田の跡を継いで九年になる。今じゃ東京の顔役だ。そういう野郎を追いつめるには、フィリピンの店主の証言程度じゃどうにもならねえ。あんたら警察（サツ）みたいに証拠を積み上げる必要があった。平井の口を割らせるとかな。しかし、どうにも慎重になりすぎたようだ」

「奥西に先手を打たれてしまった」

「野郎もバカじゃねえ。親を海に沈めてのし上がるような鬼畜だ。いつか自分も寝首を掻かれると、兄弟分も子分もまったく信頼しちゃいねえ。あいつのケツを嗅ぎつつも、少しずつ少しずつ外堀を埋めていったんだが、バレちまったというわけだ。おれの息の根を止めるために、今も必死に絵図を描いてるはずだ」

美波は茶をすすった。

職務上、水分の摂取は控えているが、口のなかがカラカラに渇（かわ）いていた。飲まずにはいられない。

大隅は淡々と話しているが、華岡組の内部抗争にも劣（おと）らない血なまぐさい戦いに慄然（りつぜん）とさせられた。

事故に見せかけた親殺しに、抗争事件を利用した実行犯の尻尾切り。大隅はひとりで奥西の陰謀を暴こうと奮闘していた。

彼の証言を鵜呑みにはできないが、九年前の蔵田の死に端を発していたとなれば辻褄(つじつま)は合う。六甲華岡組をいくら洗ってみても手がかりは見つからないわけだ。平井殺しの証拠は親戚筋の奥心会を指し示していた。大隅が狙われたのも自作自演などではない。

親殺しは極刑に値(あたい)する大罪だ。大俠客の蔵田を殺害したとなれば、奥西は業界からの追放どころか、命を狙われるのは必至だ。奥西からすれば、大隅は即座に消さなければならない相手だろう。

沢木が断りを入れてジャケットを脱いだ。冷静沈着で知られる彼も、大隅の思い切った告白に興奮を隠し切れていない。

「エアコンを入れようか?」

「話を続けさせてください。あなたは山根をこちらに売り飛ばしたね。それも奥西の魔手から山根を守るためだったからではないですか?」

「あいつも必死さ。親殺しまでして、組織を奪い取ったからには、もう止まるわけにはいかねえ。山根はただのボンクラだ。昔はもうちょっとシャキっとしてたが、今はシャブと女子高生しか頭にねえからな」

沢木が真顔で言った。

「警視総監賞ものです」

「なに言ってやがる」

大隅が噴き出した。美波も言わずにはいられなかった。

「あなたのおかげで、真相が明らかになったうえに、生き証人も残してくれた。表彰に値します」

大隅が不愉快そうに口を曲げた。

「班長さん……あんたはすっかり、おれが嫌がるコツを摑んじまったな。よせよ。これはヤクザどもの薄汚え内輪揉めでしかねえし、おれはあんたらを巻きこもうとした悪党だ。おれをつけ狙う殺し屋どもを、あんたらにぶつけさせる気でいた」

「お互いさまです。こちらもあなたを泳がせ、その殺し屋を捕まえる気でいたんですから」

大隅はすでに命を狙われている。神楽坂で武装した男たちに拉致されそうになり、自宅にも侵入されて時限発火装置を仕かけられている。

沢木が顎をなでた。

「襲撃犯に心当たりはありませんか」

「どっちの件もわからねえ」

大隅が苦りきった顔で続けた。「奥心会の人間じゃねえ。顔が割れてるからな。枝のチンピラのツラまでは把握しちゃいねえが、そこいらの悪ガキに任せられる仕事だとも思えねえ。フリーの殺し屋を使ったんだろう。あいつには腕利きを雇えるだけのコネも財力もある」

「平井を射殺したのも」

「殺し屋の仕業だろうな。奥西にとっては、九年前の親殺し以来の大勝負だ。華岡がふたつに割れて大ゲンカしてるときに、それに乗っかって親戚筋の平井を殺ったと知られたら、極道社会から追い出されるだけじゃ済まねえ。ぶち殺されるだろう。何度も言うが、警察(サツ)と違って極道に証拠はいらねえ」

美波は首を横に振った。

「あいにく、私たちは証拠がいります」

「知ってるよ。この釣り船屋の店主にしても、おれに何発かどつかれて口を割った。つまり、なんの証拠能力もねえ」

大隅が前のめりになった。

「警視さん。ずばり尋ねるが、平井殺しの捜査はどこまで進んでるんだ」

大隅に顔をぐっと近づけられ、さしもの沢木も目をわずかに泳がせた。

沢木はしばらく見つめ合った後、息を吐きながら答えた。

「進んでいるとは言えません。なにしろ物的証拠が少ない。犯行に用いられた拳銃やバイクを発見できず、犯人は手袋を使用していたために指紋も残していない。防犯カメラの映像データを集めて、実行犯の顔の照合作業を進めてはいますが、華岡組系の関係者はもちろん、実行犯がヘルメットで顔を隠していることもあって難航しているのが現状です」

難航しているのは事実らしかった。

現在の殺人捜査の主流は防犯カメラ画像の追跡捜査だ。店舗やマンション、道路や公共施設に設置された防犯カメラの画像データを軒並み集め、犯人の足跡や人相を割り出す。捜査一課が開発した捜査支援用画像分析システムを使えば、低画質で不鮮明な画像もクリアにでき、犯人がサングラスや帽子で顔を隠そうとしても、顔の輪郭やパーツなどから人相を判別できる。

だが、平井を射殺した犯人はヘルメットで顔を隠していた。乗っていたスーパーカブごと行方をくらませたことから、トラックや大型バンで逃走を援護した共犯者がいたと見ている。犯人たちからは、警察に決して尻尾を摑ませないという意志を感じた。

大隅は不敵な笑みを浮かべた。

「動機がある。証言もある。要するに、あとは証拠ってわけだな。奥西をカタに嵌められるだけの」

美波は眉をひそめた。

「嫌な予感がするんですが」

「とんでもない。今までどおりさ。おれをエサにして泳がせておけばいい」

美波と沢木は顔を見合わせた。彼も大隅の考えを理解したらしく、眉間にシワを寄せる。

「我々に広告を打てというわけですか。早く食いつきに来なければ、売り切れ必至だと」

「そんなところだ」

大隅は警視庁に向かって、勝負に出ろとけしかけていた。

親を殺して跡目を継いだ奥西も図太いが、やはり大隅も執念をうちに秘めた男だった。

14

奥心会の事務所は新橋の仲通り(なか)にあった。

雑居ビルが隙間なく並び、チェーン系居酒屋やカラオケ店の袖看板が、雑然とした印象を与えている。絶縁処分にした大隅のオフィスは数百メートルぐらいしか離れていなかった。

通りの道幅は狭く、車一台がすれ違えるほどの広さしかないが、事務所の前には警察車両のミニバンが停まり、玄関にはプロテクターを着用し、シールドを持った機動隊員が二名立っていた。ネオン街とはそぐわぬ厳(いか)めしい姿に、通行人が目を丸くしている。

事務所が入っているビルの一階は、飲食店だったようだが、今はシャッターが降ろされ、閉店を告げる貼り紙があった。いくら繁盛していようが、これだけ警官に張りつかれたら、商売は上がったりだろう。

水戸の表情が冴えなかった。塔子が見とがめる。

「びびってるの？」

「よしてください。班長がいっしょにいるのに。ただ、愉快なところじゃないのはたしかです」

塔子が雑居ビルに近づくと、機動隊員が遠慮のない視線を向けてきた。水戸が息を吐いた。

「それに、なんだって、組対（ソタイ）みたいな謀略めいたことを。こういうのは捜査一課（うち）の仕事じゃないでしょう」

「そう？　私はけっこう乗り気だけど」

警察手帳を見せると、機動隊員が敬礼をした。

ミニバンに目を向けると、なかには愛宕署員が乗っており、彼らは塔子にうなずくだけだった。彼女らがやって来るのは所轄にも通告済みだ。

水戸の言うとおり、これからやるのは捜査の常道から外れる行為だ。それだけ上層部も焦りを覚えているのか、華岡組潰しの思惑（おもわく）があるためなのか。理由は不明だったが、沢木から話を持ちかけられたとき、塔子は二つ返事で引き受けた。

　エレベーターの傍にあるインターフォンを押した。カメラ機能付きのもので、インターフォン以外にも天井に二台の監視カメラが睨みを利かせている。

「こんにちは」

〈警官に用はない。とっとと失せろ〉

　スピーカーから野太い男の声がした。まだ名乗ってもいないのに、にべもない対応だ。

「捜査一課の難波といいます。そう仰らずにお時間いただけませんか」

〈ここをどこだと思ってやがんだ。令状もねえのに、ふざけるんじゃ――〉

「平井組長射殺事件の件で、興味深い話を耳にしたんです。あれは六甲側の犯行ではないという」

　応対する男の言葉を封じるように早口でまくしたてた。

　エサをくれてやると、男は黙りこくった。

〈ちょっと待ってろ〉

　インターフォンが切られた。二分ほど待たされてから、男の声がした。

〈階段で来い〉

　雑居ビルの内階段の前には鉄製のドアがあり、〝関係者以外立ち入り禁止〟と記されたイラスト付きのステッカーが貼られてあった。ドアの前まで移動すると、鍵が外れる音がした。

ドアを開けて内階段を上った。事務所は雑居ビルの最上階である五階にあった。他のフロアには高利貸しやガールズバー、レンタルルームが入っており、怪（あや）しげな臭いを放っている。階段の踊り場には、ドーム型の監視カメラが設置されており、ヤクザどもが油断なくチェックしているものと思われた。

五階の出入口には、防火扉のような分厚い金属製のドアがあった。奥心会と刻まれた小さな金属製のプレートが掲げられてある。

ドアの横にインターフォンがあった。再びボタンを押すと、ややあってからドアが開いて、坊主頭で戦闘服姿の若い男が塔子らを迎え入れた。ボディビルでもしているのか、警官でさえも思わず怯むような体格をしていた。戦闘服がはち切れんばかりに膨れ上がっている。

事務所に入ろうとするが、その若い男が立ちふさがった。口をひん曲げてうなる。

「手帳、見せろや。殺されたいんか」

「さっき見せたでしょう」

「ボケ。あんなもん見せたうちに入るか。とっとと出せ。こっちは戦争中だぞ」

若い男は塔子よりもひと回りは下に見えたが、声だけは野太かった。インターフォンでやり取りしたのもこの男のようだ。

バッグから警察手帳を取り出し、バッジと身分証を見せた。水戸も従う。

「難波塔子さんに、水戸貴一さんか。よーく覚えておくぜ」

若い男は顔を近づけて、塔子をじろじろと見つめた。

ちんけな脅しだった。水戸の言うとおり、愉快なところとは言い難い。

「じゃ、入らせてもらってもかまわない？　会長さん、いらっしゃるんでしょう？」

「まだだ」

若い男が太い腕を広げてさえぎった。唾が塔子の顔に飛び散る。

「ボディチェックが済んじゃいねえ。物騒なブツは持ちこんじゃいねえだろうな」

若い男がニヤニヤ笑い、胸を揉む仕草をした。

塔子も笑みを浮かべて、バッグに再び手を入れた。拳銃を取り出した。

「これのこと？」

若い男の顔に銃口を向けると、彼は笑顔を凍りつかせ、目を飛び出さんばかりに剝く。

「な、なにを――」

笑みを浮かべながらも、口調をがらりと変える。

「戦争中なんだろうが。丸腰で来るとでも思ったのか？　能書きたれてねえで、とっとと案内しろ」

「ポ、警官が、んなことしていいと思ってんのか？」

「警視庁をナメるのも大概にしろ、この野郎」

撃鉄を起こそうとしたところで、奥から声をかけられた。

「なにをごちゃごちゃやっとるんだ」

ワイシャツ姿の奥西陽介が呆れたようにやって来た。

門番の若い男とは対照的に、太鼓腹が特徴的な肥(ふと)った小男だった。太いフレームの黒縁メガネにサスペンダーという、ヤクザというより漫才師みたいな恰好だ。

「すみやかにお連れしろと言ったのに。玄関開けっ放しにして、お上と揉めてどうする。ここで六甲の者に殴りこまれたら、責任取れるんか。バカタレが」

奥西が若い男の頭を叩(はた)いた。

若い男が目を白黒させながら奥西に頭を下げた。若い男の頭を再び平手で打つ。

「刑事さんにも詫びんかい」

「す、すんませんでした……」

若い男が口を尖らせつつ塔子に謝った。

「いやはや。なにぶん、ごちゃごちゃしとるもんですから、若い者(もん)もひどくピリピリしてまして。許してやってください」

奥西が塔子に笑いかけた。顎の贅肉(ぜいにく)が揺れる。

写真や動画で事前に確認済みではあったが、実物の奥西は思った以上にヤクザの臭いを消している。中国地方の出身らしいが、言葉には訛りがわずかに残っていた。

生まれ育った月島の商店街の会長にどこか似ていた。近所の子供たちによくお菓子を配っていた好々爺だった。親の寝首をも掻く危険人物だというのを忘れそうになる。

若い男の納得いかなそうな態度を見るかぎり、奥西こそが塔子らを簡単に事務所に入れるなと指示した張本人だろう。大隅も大した役者だったが、奥西も食えない男と見てよかった。

塔子は拳銃をバッグにしまった。

「こちらこそ。このようなときに応じてくださって、ありがたく思っています」

「捜査一課にはマル暴よりも怖い女刑事さんがいると聞いとりましたが……いやはや噂以上だ」

事務所内へと通された。

出入口近くには、監視カメラの映像を複数のモニターでチェックしている若者がいた。

高そうな調度品が並び、凝ったオブジェやからくり時計が飾られ、室内は西洋風の洒落たインテリアで統一されていた。しかし、今が抗争中であるのを示すかのように、組員のほとんどがジャージや戦闘服に身を包んでいる。

水戸に耳打ちされた。

「あなたの部下になって長くなりますが、肝を潰しましたよ。勘弁してください」

「あれはおもちゃ。実銃なんて振り回すわけないでしょ」

「ホントかなあ」

塔子は鼻を鳴らした。どのみち極道たちが調子に乗るようであれば、力ずくでも事務所に入る気でいた。

洋間の応接室に通され、ソファに向かい合って座った。晩秋だというのに、奥西は扇子(せんす)を取り出して煽(あお)ぎだした。額にはうっすら汗を滲ませていた。事務所のなかは空調がしっかり効いている。むしろ、温度を低めに設定しているのか、スーツを着ていなければ寒いくらいだった。

戦闘服のごつい男が、お茶を小さな木製トレイに載せて運んできた。和菓子までが添えられている。奥西には寿司屋で出されるような大振りな湯呑みで、氷の入った緑茶がなみなみと注がれてある。

奥西が和菓子を口に放った。

「話をする前に言っておきたいことがありまして」

「なんでしょう」

「あなたがたがここに来たことは内密に願いたいのです。なにしろ神戸の本家からは〝三ない主義〟のきついお達しが出とりまして、これが耳に入ったら私はアウトだ」

神戸の本家とは上部団体の華岡組だ。

警察に対して強硬な姿勢を取り、下部組織に対して「警察に会わない」「事務所に入れない」「情報を出さない」の〝三ない主義〟の徹底化を図っている。対立組織の六甲華岡組も同じだ。

奥西は懇願するように首をすくめた。奥心会会長であり、華岡組二次団体の東堂会の幹部だ。豊富な資金力を有しているため、華岡組の直参に取り立てられるとの噂もあるほどだ。そんな押しも押されもせぬ東京の裏社会を牛耳る顔役だけに、躊躇なくお上にへりくだる姿を見ると、かえって不気味に感じられた。

熱い緑茶をすすった。水戸が不安げに見つめてくる。

一服盛るような真似をするとは思えないが、すでに奥西はその〝まさか〟をやった疑いがある。出入口のゴタゴタを考えれば、若衆がひそかに唾や鼻水でも混ぜてもおかしくはない。

「華岡組の方針はよく知ってます。それだけの危険を冒してまで、私たちを事務所に入れてくださったのは、やはり射殺事件の真相が気になるからですか?」

「そりゃもちろん。ふたりも殺られたうえに、朝の住宅街で発砲だなんて。えげつないにもほどがある。そちらさんも捜査に手を焼いてるが、こっちとしても六甲のどこの者の仕事なのか、はっきりせんうちに返しに出とる。死んだ平井はいわば甥っ子にあたるうえに、うちの者とも兄弟盃を交わしとりました。刑事さんの前で言うのもなんだが、仇の正体をしっかり摑まんといかんでしょう」

奥西は一気に喋ると、喉を鳴らして緑茶を飲んだ。おしぼりで口を拭うと前のめりになった。

「……というのは建前でしてね」

「本音をうかがいましょう」

「あれは六甲の犯行ではなく、うちがやらかしたと思ってるんでしょう」

「六甲側だけでなく、五代目側や一般人も含めて、多方面から捜査をしているのは事実です」

奥西は渋い顔をして扇子を振った。

「難波さん、意地悪はよしてください。こうして膝突きあわせて話をしとるんです。そちらも本音を仰ってください。大石社長もひどく弱ってましたよ。犯行に使われたスーパーカブがどうとか。なんも知らんのに、やたらおっかない女刑事さんに睨まれて往生しとると」

大石とは、奥心会の企業舎弟と見られる荒川環境保全の経営者だ。塔子は楊枝を手にして、和菓子の栗きんとんを口に入れると、思わせぶりな微笑みを浮かべた。

「たしかに、捜査本部はあなたや奥心会を疑わしいと思っています。荒川環境保全だけではない。奥心会がやったんだと、まことしやかに仰る方々もいるものでして」

「大隅のことでしょうが」

奥西は弱ったように深々とため息をついた。塔子は答えずに、首をひねるに留めた。

「あいつとは長いつきあいでしたから、ようわかっとります。いい男ですよ。ビジネスの才覚もあれば、腕っぷしもあって、子分からも慕われている。親分としての器量は、あいつのほうが上でしょうな」

塔子は意外そうに直視した。

「高く評価されているんですね」

「ともに部屋住みで汗水流した仲です。あれだけの男を処分しなければならんのは、親の私がいたらなかったせいでしょう。味方につけていたら、あんなに心強い男もいなかった」

「しかし、大隅さんは絶縁された」

「自負心の強い男です。先代の死去にともない、不肖ながら私が跡を継ぐことになった。それをずっと根に持っていたのかもしれません。先代は蔵田亮二郎という名の知れた大侠客だ。その蔵田が跡目に自分を指名するつもりでいたのだと、大隅はあちこちで吹聴していたようです。蔵田があいつを可愛がっていたのは事実で、もしかすると私ではなく、大隅が跡を継いでいたかもしれない。ただ、蔵田は遺言を遺さずに急死してしまった。そうなった以上、組員たちによる入れ札で決めるしかなかった」

「跡目は大隅さんではなく、あなたに決まった」

奥西は扇子を置いてうつむいた。

「あいつからすれば、さぞ面白くない流れだったでしょう。その後、組織の名前を変えたのも、やつにとっては不満だったはずです」

「蔵田の名を消して、奥心会と改めましたね」

「うちはもう関西の傘下です。蔵田といえば関東一帯に知られた名前だ。華岡の代紋を掲げている以上、いつまでも東京者みたいな顔をするのはいかがなものかと、そんなご意見を西の親分衆から何度となくいただきました。くだらぬイチャモンだとは思いますがね」

奥西は声のトーンを落とした。

やりきれない表情で冷えた緑茶を口にする。板挟みに苦しむ中間管理職のような悲哀を感じさせた。

「ちまたの噂では、蔵田の名前に縛られるのを嫌って、あなたが積極的に改名したのだと言われてますが」

「ちまたね……」

奥西はひっそり笑って続けた。

「不興を買うのを承知で、奥心の看板を掲げとるんです。後ろ指さされるのは承知のうえでね。蔵田の名跡を消した不忠者として、この世界で悪名を残すことになるでしょう。ぬかるみを歩く覚悟はできとります」

奥西は重たそうな身体をソファに預けた。

「西の者に頭が上がらなくなって、蔵田があかいう形で鬼籍に入り、私が跡を継いで組織の名前も変えた。大隅がうんざりするのも当然かもしれませんな」

「彼は理事長の山根さんを売った」

奥西は小さくうなずいた。

「私の不徳の致すところです。まさか右腕というべき男が、覚せい剤なんぞに手を出したばかりか、未成年の娘にまでやらせていたとは。恥ずかしいかぎりです。カタギの世界なら、大隅の告発は称賛に値する行為でしょう。勇気ある内部告発としてね」

「しかし、そちらの業界は違う」

「親の私にひと言もなく警察に売ったとなれば、かばいきれやしませんよ。しかも、華岡がふたつに割れて争っているこの非常時に。これはもう、とてもじゃないが……なにもしてやれない」

奥西は力なく首を振った。

塔子たちは相槌を打ちながら、神経を研ぎ澄ませて奥西の言葉に耳を傾けた。

大隅は、奥西を親殺しをも厭わない危険人物と暴露した。一方の奥西は大手に取りこまれた組長の苦悩を滲ませ、元子分の大隅を憐れむように語ってみせた。その姿は、やはり有力役員に裏切られた中小企業の社長のようだ。

塔子は咳払いをひとつした。ここからが本番だ。

「その大隅さんが、神楽坂で何者かに身柄をさらわれそうになったり、自宅を焼かれそうになったのはご存じですか？」

「嫌でもね。牛込署だの月島署だのの刑事さんが来て、あれこれ訊いていきましたから」

「大隅さんは、あなたが人を使ってやらせていると言っています。ちなみに平井組長射殺に関しても」

「まったく。茶なんかじゃなくて、酒が欲しくなる」

奥西は茶を飲み干して呟いた。おしぼりで顔を拭う。

「残念なことですが、やむを得んことです。鉄の結束を誇る天下の華岡組ですら、今は分裂して世間を騒がせているくらいだ。うちみたいな小さな組だって、揉め事なんてのはしょっちゅう起きる。大隅の気持ちもわからないでもない。極道社会から追放されれば、あることないこと言いたくもなるでしょう。華岡組系のヤクザだった過去を売りにして、暴露本でも書いたとしても、やっぱり放っておくしかありません。あの男はカタギなのです。平井殺しにうちが関わっているなどと、無茶苦茶な話をしているとしても」

「無茶苦茶ですか」

奥西は嘆(なげ)くように口を曲げた。

「とぼけるのはよしましょう。驚きましたよ。あいつの荒唐無稽な陰謀論に、警視庁が耳を貸すとは」

「荒唐無稽なのはたしかです」

塔子はバッグからシステム手帳を取り出した。手帳に目を落としながら続けた。

「ただし、根も葉もない陰謀論とは言い切れないようで。大隅さんはフィリピンから証人を連れてくると――」

「班長」

水戸に肘を突かれた。塔子は口を押さえてつぐんだ。

奥西は眉をひそめた。

「フィリピンから証人？」

塔子は視線をそらした。

「いえ、なんでも」

「まあ……なんにしても放っておくしかありませんな。平井殺しはもちろん、大隅を拉致しようとしただの、あいつの家を燃やそうとしただの、そんなもんに我々は一切関わってはいないと言っておきます」

奥西は何度目かのため息をついた。話は終わりだといわんばかりに、腕時計に目を落とした。

「そろそろ、よろしいですか。貧乏暇なしでしてね。あれこれやらんといかん用事が溜まっとるんです」

「ご協力感謝します」

「二度はごめんですよ。この世界は足の引っ張り合いでね。くどいようですが、事務所に刑事さんを入れたと知られたら、私はコレもんですんで」

奥西は小指を立てると、切り落とす素振りを見せた。塔子はうなずいてみせた。

組員らに追い立てられるようにして、事務所を後にした。ビルの入口に立つ機動隊員らに目礼し、車がある愛宕署へと歩く。

ビルが見えなくなると、水戸が口を開いた。

「なんか……肩すかしを喰らいましたね。どんな極悪人かと思ったら、『男はつらいよ』のタコ社長みたいで」

「タコ社長はブレゲのマリーンロイヤルなんてしないでしょ」

塔子は手首を指さした。奥西の腕時計のことだ。

「高いですか？」

「本物なら五百万」

「本当ですか……いい時計してやがるとは思いましたが」

水戸が目を丸くした。塔子が苦笑する。

捜査一課の猪武者といわれる塔子だが、伝説の捜査官と謳われた父の難波達樹の影響もあって、幅広く知識や教養を身に着けるよう努力してきた。暇があれば美術館や博物館に行き、父が遺した膨大な量の本や古雑誌に目を通している。

「刑事ごときに、スイス製の高級時計の価値なんかわかりゃしないとでも思ったのかもしれない。でも、さすがにあの手この手でのし上がった男ね。ボロを出す気配をなかなか見せなかった」

奥西は爪を徹底的に隠していた。

平井組長射殺事件や大隅に対する拉致事件をぶつけても、おくびにも出さずにシラを切った。刑事相手に尻尾を出すとは思っていない。

不倶戴天の敵であるはずの大隅に対しては、放っておくしかないと憐れむように語り、蔵田の名を消して奥心会と改めた理由についても、大手の傘下となった枝の親分らしい悲哀を感じさせた。反応らしい反応といえば、大隅がフィリピンから証人を連れてくると漏らしたときぐらいだろう。

水戸は小声で囁いた。

「乗ってきますかね」

「どうかな。やるだけのことはやってみたけど」

塔子らの目的は、奥西を焚きつけることだった。

フィリピンからの証人などと、うっかり口を滑らせてみせたが、それもすべて奥西という大魚を釣り上げるための撒き餌に過ぎない。

ヤクザのケツを掻き、犯罪をそそのかすように仕向けるなど、本来は謀略を得意とする組対や公安の仕事であって、刑事畑の塔子らがやることではない。上層部の間でも、今回のやり方には疑問の声があがったという。

しかし、射殺事件に奥心会が関与していたとなれば、一刻の猶予も与えられていないのも事実だ。相手は親殺しも厭わない。いざとなれば、その実行犯である平井をも、抗争を利用して消したと目される図太い悪党だ。大隅を放っておくしかないと連呼していたが、奥西の言葉を額面通りに受け取るわけにはいかない。

「あとは美波たちに任せましょう」

塔子はこめかみをさすった。

美波とかつて大喧嘩をやらかした。そのさい、彼女からはテコンドー式の回し蹴りをもろに喰らっている。彼女の電光石火のキックが、ふいに脳裏をよぎった。

15

美波は東京駅の自動改札口を通り抜け、新幹線のホームへと向かった。

後ろの大隅も、携帯端末で会話をしながら、入場券でゲートを通過した。彼の横には今井がぴったりガードしている。

「いや、おれにはなんのことだか。ほう……そんな噂まで流れているんですか」

彼の電話の相手はヤクザだった。奥心会とは対立関係にある都内の六甲華岡組系の組長だ。

「お気持ちはありがたいのですが、絶縁になった者を拾っちゃまずいでしょう。わかりました。近いうちにメシでも食いましょう」

大隅が通話を終えた途端に、再び携帯端末が震えだした。彼は液晶画面に目を落として口笛を吹いた。

「いやはや、人気者はつらいな」

美波が尋ねた。

「今度はどちらから？」

「東堂会の直参組長だ。驚いたな」

つまり、相手は奥西の兄弟分ということになる。彼は電話に出ると、折り返しかけ直すと告げて切った。携帯端末の電源をオフにしてポケットにしまう。

大隅宛てに朝から電話がひっきりなしにかかっていた。五代目華岡組と六甲華岡組の両方からはもちろん、他団体の極道やジャーナリストなど相手は様々だった。

大隅が注目を浴びるようになったのは、一昨日からだ。ネットの掲示板やSNS経由で、出所不明の噂が相次いだのが原因だった。

蔵田亮二郎が死亡したのは、子分の裏切りによるもの――明らかに蔵田の跡を継いだ奥西を攻撃する内容だ。平井殺しの犯人は、抗争相手の六甲側ではないとも書かれていた。

今やヤクザも組織立ってネットを駆使する時代だ。根も葉もないデマや誹謗中傷が飛び交うが、たまに親分の愛人関係や姐さんの性格、カタギとの人間関係が暴かれるなど、激しい情報戦が展開されている。車両特攻や乱闘騒ぎを組員が撮影し、動画サイトにアップするといった例もある。

蔵田謀殺という荒唐無稽に思われた書きこみは、極道社会からにわかに注目を浴びることとなった。

蔵田がセブ島で客死した同じ時期に、平井と山根がセブ島に滞在していた証拠が、動画サイトにアップされたからだ。

平井が同島のレンタカーショップで、SUVをレンタルしたときの国際免許証の写しや、書類がサイトにアップされた。信ぴょう性が格段に増し、デマや怪文書に慣れ切ったヤクザたちの目を引きつけた。

平井は滞在していたホテルで、〝スズキジロウ〟を名乗っていた。もうひとりは〝ヤマカワゴロウ〟だ。直筆サイン入りの宿泊者名簿やレストランの領収書もサイトに載っていた。

書きこみやサイト運営者は匿名だったが、奥心会を追放された大隅が黒幕ではと噂が広まり、彼の携帯端末は休まずに鳴りっぱなしとなった。

あのサイト、どえらいもん載っけとるな、知ってるか――全国の親分衆からカマをかけられているが、大隅は関与を否定し続けている。

もっとも、そんな状況証拠を持っているのは大隅以外にありえず、サイト運営者はやはり彼だった。レンタカーショップの書類やホテルの宿泊者名簿などは、大隅が地元の複数の探偵を使って、数年がかりで集めたものだ。

蔵田が死亡した時期に、平井や山根が同じ島に滞在していたからといって、蔵田を謀殺したという証にはならない。しかし、警察と違ってヤクザ社会に証拠など必要はない。奥西を追いつめるため、大隅はさらに手を打ったのだ。

三日前に塔子から連絡があった。奥西も相当な食わせ者らしく、彼のケツを掻こうとしたが、こちらの思惑どおりに動くかどうかはわからないという。自信家の彼女にしては珍しく、判断がつかない様子だった。

――ただの勘でしかないけど、かりに動くとしたら……大胆な行動を起こすかも。平井を子分もろとも、路上で射殺したときみたいに。

塔子の勘は侮れない。大隅を排除するため、危険な策略を練っている可能性は否定できなかった。

覚せい剤の所持等で捕まった山根に対し、平井殺しを手がける沢木管理官らが取り調べを行っている。

平井と組んで蔵田殺しをしたのか。沢木が前触れもなく問い質すと、山根は否認したものの、激しくうろたえたという。取引次第では、山根の口をこじ開けることも可能かもしれないとの話だった。未だ決定打に欠けるが、奥西に対する包囲網が狭まっているのは確かだ。

それは同時に、大隅の身辺がますます危うくなったのを意味していた。塔子の事情聴取に対して、奥西は彼を放っておくしかないと言ったらしいが、腸は煮えくり返っているだろう。

六甲側と抗争している最中に、それを利用して味方である平井を射殺した……。かりに警察の手から逃れられたとしても、平井が属する業平一家や上部団体の東堂会が黙っていない。場合によっては、奥西の極道生命も絶たれかねない。奥西にしてみれば、大隅の口を早急に封じなければ、自分の身も危ういと焦りを覚えているはずだった。

塔子らは襲撃を警戒し、警護対象者の大隅も防弾ベストを着こんでいた。イヤホンマイクを通じて、東京駅構内に配備された私服警官らが報告する。

〈こちらホームA班、異常ありません〉

本庁組対部の刑事や丸の内警察署員の約三十名が、拳銃と特殊警棒を携えて警備に当たっていた。

ヤクザやアウトロー風の男を見かけたときは、職務質問を行うように命じられており、目つきの悪そうな作業着姿の男性や、ミリタリージャケットを着た若者などが手荷物を検められている。

大きなリュックを背負ったバックパッカー風の中年男性に声をかけたところ、乾燥大麻が見つかり、丸の内署員がその場で逮捕したという騒ぎがあったものの、物騒な襲撃者は発見されていない。

〈こちらホームB班、異常ありません〉

新幹線のホームは平日の昼間とあって、出張族と思しきサラリーマンでごった返していた。西日本からやって来た上りの新幹線がホームに入ってくる。

「まもなく、警護対象者がゲストと接触します。引き続き警戒願います」

イヤホンマイクを通じ、構内の警官たちに知らせた。

美波らは、遠くからやって来た客人を迎えるため、東京駅を訪れたのだった。客人が乗る車両の乗降口に向かう。

新幹線が停車し、乗降口のドアが開いた。友成と本田にガードされながら、顔をマスクで覆った中年男が出てきた。深々とキャップをかぶっている。

褐色(かっしょく)の肌をした大男で、おまけに分厚いダウンジャケットを着こんでいるため、乗降口に身体が引っかかりそうになっていた。不安そうに目をきょろきょろと忙しく動かしながら、ホームへと降り立った。

大隅は芝居がかった仕草で、大きく両腕を広げた。

「フェルナンド。はるばるご苦労さん。どうだい、日本は」

フェルナンドと呼ばれた大男の目に怯えの色が浮かび、身体を硬直させた。

大隅はフェルナンドの様子などおかまいなしにハグし、親しげに背中を叩いた。フェルナンドは恐々(こわごわ)と大隅の身体に触れる。

ふたりの関係性を考えれば、フェルナンドが恐れるのは当然といえた。

フェルナンド・レジェスはセブ島で釣り船屋の店主をしていた。大隅の執念の調査により、蔵田謀殺の告白に追いこまれた人物だった。

美波はICレコーダーを通じて、フェルナンドの自白を聞いている。セブアノ語で録音されたICレコーダーは、捜査一課の沢木を通じ、日本在住のセブ島出身者に翻訳してもらった。平井と山根に脅され、彼らがよこすカネの魔力に負けて、蔵田殺害に手を貸したと。バンカーボートの船底に傷をつけて耐久性を低め、膨張式ライフジャケットのボンベの空気をあらかじめ抜き、使い物にならないようにしていたと打ち明けた。

実行犯のひとりである平井が死んだ今、フェルナンドは蔵田の死の真相を知る残り少ない人物だった。

「ご苦労様」

友成と本田をねぎらった。

ふたりはあたりに注意を払いながらうなずいた。彼らはひそかに関西国際空港に赴き、フェルナンドの護衛をしながら上京した。

大隅がセブアノ語でフェルナンドにあれこれ話しかけていた。大隅に声をかけて促す。

「旧交を温めるのは後で」

「おっと。そうだな」

大隅はフェルナンドの肩に腕を回した。日本語で言う。

「そんなビクビクするな。大船に乗ったつもりでいろ。沈めたりはしねえよ。お前と違ってな」

美波らはフェルナンドを連れ、ホームからエスカレーターで改札口へと降りる。

改札口には、同じくイヤホンマイクをつけた私服警官らがいた。彼らに軽くうなずく。

東京駅を八重洲(やえす)中央口から出た。グラントウキョウノースタワー近くの一般車両の乗降場には、ミニバンが停まっており、その周辺にはやはり複数の制服警官が警備にあたっていた。今井が運転席に乗り、美波とフェルナンドは後ろの三列目に乗った。大隅は二列目だ。

車の流れは悪く、信号に行く手を阻まれたが、トラブルは起きずに東京駅から離れることができた。

隣のフェルナンドが口を開いた。日本語だった。

「マスクを取ってもかまわないか。息苦しくてかなわん」

美波はうなずいた。

サイドウィンドウはスモークが貼られており、外から車内は窺えない。フェルナンドはマスクを取り、大きく息を吐いた。その正体は、組対四課の〝エビスコ〟こと須郷方達警部補だ。

「冷房をガンガン効かせてくれ。暑くて死にそうだ」

須郷はダウンジャケットを脱ぎ、助手席の本田に命じた。本田が目を丸くする。

「須郷さん、もう冬ですよ」

「こんなおっかねえ作戦につきあってやったんだ。少しくらいわがままを言ってもバチは当たらねえだろう。生ビールがほしいぜ。新幹線でもずっとこの恰好だったからな」

須郷の顔は汗でぐっしょりと濡れていた。美波は微笑んだ。

「暴力団から怖れられている組対のエビスコも、今回ばかりは気疲れした様子ですね」

「そりゃそうさ。おれを件のフィリピン人と勘違いして、どっかのチンピラがさっさと拳銃抜いてくれれば楽なんだが、新幹線や東京駅で音が鳴ろうもんなら、おれたち兵隊はもちろん、部課長クラスまで首が飛ぶ。よくこんな作戦を実行する気になったもんだ」

須郷が外したマスクには、ブラウンのドーランがべっとりとついていた。肌を褐色に見せるために塗っていたものだ。

本物のフェルナンドはマニラにおり、捜査一課が派遣した捜査員から事情聴取を受けている最中だ。大隅に告白したとおり、蔵田殺しを自供しているという。

ただし、蔵田殺しを立件できるかは怪しい。すでに九年という時間が流れており、地元警察は事故として処理している。一度下した結論を変えたがらないのは、どこの国も同じだった。物証は残されておらず、今でこそフェルナンドは犯行を打ち明けてはいるが、裁判ではまったく正反対のことを言いだす可能性が高かった。

親殺しの件で奥西を裁けないにしても、匿名サイトでの告発に続き、生き証人であるフェルナンドを日本に呼び寄せたふりをした。蔵田や平井はなぜ死ななければならなかったのか。大隅は手を替え品を替え、犯人を追いつめてきた。

フェルナンド来日の情報も、じきに極道社会を駆け巡ることになる。奥西に揺さぶりをかけるため、関西国際空港に降り立ったフェルナンドを情報提供者として迎えるフリをした。

須郷に白羽(しらは)の矢が立ったのは、本物のフェルナンドが須郷と同じく巨漢であり、風貌が似ているからだった。メイクを施(ほどこ)したうえで、キャップやマスクで顔をある程度隠してしまえば、遠目からは違いがわからないらしい。

須郷がペットボトルの水をあおった。

「大隅さんよ、奥西の野郎は乗ってくるかね。やっこさんは東堂会のなかでも、どっちかといえば事業家タイプのハト派と見られてきたヤクザだ」

「来るよ」

大隅は即答した。須郷が鼻白んだように眉をひそめる。

「断言するんだな」

大隅は後ろを振り向いた。

「同じ釜(かま)のメシを食った仲だ。手のうちはよくわかってる。奥西も蔵田亮二郎の血を引いた博奕打ちで、本質は戦国武将も真っ青(まさお)のイケイケだよ。一晩で何億も賭ける親分たちを見てきたが、奥西ほど太いやつもないかもな。親殺しだけじゃなく、平井殺しの罪を六甲側になすりつけようとした。読みを間違えれば命はもちろん、築いてきた富も名声もすべて失う大勝負だ」

美波はうなずくしかなかった。

「たしかに太いやつです。ふたつの華岡組と警察相手にイカサマを働いた」

大隅も同様に生粋(きっすい)の博奕打ちだ。途方もないほどの手間と時を費やして、奥西のイカサマを暴こうとした。

奥西を殺したいほど憎悪しており、命を狙われている今の状況に消耗しながらも、奥西とのやりとりをどこか愉しんでいるようにさえ感じられる。東京駅を訪れたときから、目にはギラギラとした輝きがあった。

「決戦の火蓋（ひぶた）さえも、すでに切られたと見ていいんじゃないか。さっきの駅だが、新幹線の待合室やら駅弁売り場やらに、目つきの悪そうな野郎が何人かいたよ。サラリーマン風の恰好してるが、グレた臭いをさせてた」

「おいおい、そういうのは早めに言ってくれよ。所轄の連中に職務質問（バンカケ）させたのに」

須郷が口を尖らせた。大隅が首を小さく振った。

「断言できなかったからさ。今のおれは冷静じゃない。ドンブリのなかで転がるサイコロの行方を、固唾（かたず）を呑んで見守っているようなもんだ」

「そうは見えねえぜ」

「ほら。武者震いってところかな」

大隅は手を上げた。小刻みに震えている。彼は続けた。

「それに職務質問（バンカケ）なんかしても、なにも出てきやしないさ。奥西が狙ってるのはおれの首だ。あの野郎だって、浜口雄幸（はまぐちおさち）を襲った右翼じゃあるまいし、人でごった返す東京駅でドンパチやる気なんかねえよ。もっと確実に狙ってくる」

「冷静じゃないのは、奥西だって同じだろう。お前さんの言葉を借りれば、奥西って野郎は、転がるサイコロを見守るだけじゃ飽き足らず、ドンブリに手を突っこんでイカサマやらかすヤバいやつだろうが。すでに天下の往来で、ふたりも殺(や)ってる。マトモじゃねえ」

「うまいことを言うな」

大隅はうっすら笑みを浮かべた。

「見知った顔は？」

美波が訊くと、大隅は首を横に振った。

奥心会系の極道はもちろん、彼の知る人間は見当たらなかったという。

須郷はタオルで汗を拭きとると、バッグから手鏡を取り出し、スポンジパフでドーランを塗り直した。

「大隅社長の勘が正しいことを祈るよ。長いこと刑事(デカ)やってきたが、こんな役者みたいにメイクまでしたのは初めてだ。わざわざ関西に前泊までしてな。どうせなら、多くの観客に見てもらいてえ」

美波らを乗せたミニバンは、呉服橋(ごふくばし)出入口から首都高に入り、両国(りょうごく)ジャンクションを経て、首都高速7号小松川(こまつがわ)線を東に走った。荒川を越える。

美波はそれとなく、メイク直しに余念がない須郷を見やった。スポンジパフを持つ彼の手もかすかに震えている。

須郷はこの役割を二つ返事で引き受けてくれた。別人に化けて刺客のマトになろうとするのだ。恐ろしくないわけがない。誰もが嫌がる任務を、おもしろそうだと言って買って出た。その肝っ玉の大きさに尊敬の念を抱いた。

ミニバンは京葉道路を走り、千葉県の宮野木ジャンクションを経て、東関道の四街道インターチェンジで降りた。県道を北上する。美波たちの緊張とは対照的に、郊外ののどかな自然や田園風景が広がっていた。

やがて印西市に入った。目的地は北総線の印西牧の原駅から数キロ離れた位置にある古い一軒家だ。千葉ニュータウンに近く、ジャンボサイズの店舗が軒を連ねていた。電器店やホームセンターの塔屋看板、ショッピングモールの名物である観覧車が目に入る。

同地は六〇年代に首都圏最大級のニュータウンとして、大規模開発がなされた。オイルショックやバブル崩壊のたびに規模縮小を余儀なくされ、北総線の運賃は高く、一時はゴーストタウン化が噂された。

しかし、現在は自然も多く残り、最新の設備を備えた巨大総合病院もあり、都内や成田空港からもアクセスしやすく、国内でもっとも住みやすい街と評されるようになった。他の地方自治体が少子化や人口減少で嘆くなか、手頃な住宅価格のおかげで子育て世代が入居し、人口も増加している。

そういった土地の事情もあってか、大隅の〝大樹エンタープライズ〟は、さらなる開発が進むのを期待し、千葉ニュータウン付近の不動産を所有していた。美波たちの目的地である一軒家もそのひとつらしい。

都内なら豪邸と呼ばれるであろう二階建ての日本家屋で、三台分の駐車スペースと日本庭園が備わっていた。隣は元養鶏場だったらしく、錆びたサイロと廃墟と化した小屋が見える。

ミニバンから降り、美波らは一軒家へと向かった。大隅がタバコに火をつけた。

「ゴチャついた東京と違って、やっぱり空気がうまいな」

朽ちた葉っぱと土の匂いがした。鬱蒼と茂った雑木林が風に揺れ、ざわざわと音を立てている。

本田があたりを見回した。

「初めて来ましたけど、なんだか不思議なところですね。賑わってるんだか、寂れてるんだか」

「いいところさ。のんびりしているうえに、でかい病院があるわ、ゴルフ場がいくつもあるわで、おれもリタイア後はこのあたりで余生を過ごしたいと思っていたくらいだ」

大隅が家の鍵を開け、引き戸を開けてくれた。庭は雑草が生い茂り、池の水はまっ黒に淀んでいた。

家のなかは正反対に掃除が行き届いていた。壁や廊下には日に焼けた痕やシミが残り、閉めっぱなしにしていた家独特のカビ臭さが漂っていたものの、ゴミや埃はなく、茶の間の畳はまだ青々としていた。テーブルやタンス、テレビにエアコンと家具や電気機器も揃っている。

部下たちは初めてだが、美波は大隅とともに、事前にこの家を訪れていた。二日前のことだ。この地こそが、奥西と対決するのにふさわしい場所だと、大隅に案内されたのだ。

――うちの会社が所有して一年近くになる。つまり、奥心会にもおそらく知られてる住処だ。もっとも、知っててもらわなきゃ困るんだけどな。

大隅は言ったものだった。美波は異論を唱えた。

――西葛西の秘密基地にしては？　ここはあまりに無防備です。四方から大人数で攻め込まれたらひとたまりもない。

奥西の大胆さに、警視庁は翻弄されてきた。彼の親殺しの事実を知る大隅やフェルナンドを消すためなら、まさに命がけの勝負に打って出てくるだろう。

おまけに実行犯グループは依然として謎のままだ。奥西との関係はもとより、国籍も人数もわかっていない。しかし、実力は疑いようがない。平井を護衛ごと射殺すると、迅速に現場から立ち去り、今日まで行方をくらましている。

同一犯とは限らないが、大隅の自宅に時限発火装置をも仕かけている。片桐班の気づきにより、犯行をぎりぎりで食い止められたとはいえ、大隅が焼き殺されてもおかしくはなかった。実行犯グループは銃器を所持し、それらを正確に扱えるだけでなく、火事に見せかけた暗殺をも行える危険な集団だ。

本来であれば機動隊と連携し、この家の周囲を守らせるべきだった。蟻一匹通さぬ厳重な警備態勢を敷き、殺し屋に仕事をさせる意欲を挫き、治安の維持に努める。

だが、今回は違う。奥西を追いつめるためには、実行犯に姿を現させ、仕事をしてもらう必要がある。そのために塔子が奥西をそれとなく焚きつけ、さらに須郷をフィリピン人に変装させたのだ。

すでに奥心会の上部団体である東堂会では、奥西は最大のタブーとされる親殺しに手を染めていたのではないかと噂が立ち始めている。奥西は東堂会のなかでも有力者と目されていた。それだけに敵も多く、これを機会に奥西の排除を目論む親分衆も少なくはない。彼は土俵際に追いこまれているはずだ。

異論を唱えた美波に対し、大隅はすまなそうに頭を下げた。

――西葛西はダメだ。隣の部屋には小さな子供を抱えた若い家族が住んでる。

――そうでしたか。

――流れ弾が住民に当たるかもしれねえ。おれを消すために爆弾だって投げこむかもな。カタギを食い物にしてるヤー公が、今さらカッコつけるなと言いたいだろうが……。

美波は反論した。

――あなたはヤー公じゃない。もうカタギの実業家です。それに、なにもかも仰るとおりです。あなたや我々の身の安全ばかり考えて、周りの住民に対する配慮を二の次にしていました。

――ニュータウンの住民に迷惑をかけることになるけどな。巻き込む危険性はぐっと減るだろう。

隠れ家をこの一軒家に決めたのは、そうした経緯がある。

警護対象者の大隅を守りつつ、周囲に被害を出すことなく、奥西が放った危険な刺客を捕える。

この難題を解決すべく、警視庁は捜査共助課を通じて、千葉県警にも話を通して協力を要請した。警視庁と千葉県警の捜査員が警備にあたり、配達業者や測量士などに化け、一軒家を要塞に変えるべく、極秘に動いた。

美波らは隣の仏間に移動した。大きな座卓のうえには、複数の液晶モニターがある。電源を入れると、家の敷地内はもちろん、周囲の雑木林や元養鶏場に取りつけられたトレイルカメラの映像が確認できた。

一軒家から約百メートル離れた位置に、古びた定食屋があった。地元の肉体労働者やトラッカーに愛されていたが、店主の高齢化に伴って閉店となった。人気のない廃墟だったが、今の店内には十人の捜査員が交代制で張りこんでいる。全員が拳銃と防弾ベストを着用し、サスマタや警杖を用意してあった。

地元印西署も覆面パトカーで頻繁に巡回。北総線の駅や主要道路に署員を配置し、不審な車両や人間がいないかをチェックしている。迎撃態勢ができつつある。

美波は液晶モニターに目をやった。曲がりくねった県道を、農家の軽トラックが走っているのが見えた。別のモニターは、庭に植えられた柿の実を啄む山ガラスを映し出している。牧歌的な光景だ。

「移動でくたびれただろう。甘いものでも食って、疲れを取ってくれ。食料はたっぷり確保してある。冷蔵庫には高級アイスやら、ビタミン豊富なスムージーなんかも入ってる。カルシウムだのマルチビタミンのサプリメントもだ。しんどい籠城戦になる」

大隅が和菓子で山盛りになった菓子器を運んできた。美波は遠慮せず、袋入りの饅頭を手に取った。

「お酒は？」

大隅が恥ずかしそうに頭を掻いた。

「ビールひとつ置いちゃいない。この件が片づくまで、一滴も飲る気はねえよ」

「片がついたら、あんたのキャバクラで一杯やらせてもらう」

友成がニヤリと笑った。大隅が苦笑する。

美波らが言ったのは皮肉だ。最初に大隅と会ったときの印象は最悪だった。彼は自分のキャバクラで大酒をかっ喰らい、美波たちにしつこく絡むなど、露悪的に振る舞っていたものだ。

大隅は他人を危険に巻きこみたがらず、すべてひとりで背負いこもうとする男だった。忠誠を誓う子分を使わず、奥西の親殺しに関しても、ほぼ自力で真相を暴いてみせた。奥西を追いつめるため、ついには警察組織を利用しようと目論んだが、やはりその姿勢は変わっていない。無茶を言って美波らを遠ざけ、実行犯をも単独で捕える気でいたのだ。

「ぜひ来てくれ。ナンバー1の娘をつける」

大隅が友成にうなずき、片桐班を見渡した。

「おかげさまで紆余曲折はあったものの、描いた画のとおりに事が進んでる。最大の読み違いは、端からあんたらと素直に手を組むべきだったことだ」

彼が座卓に菓子器を置いた。〝エビスコ〟の須郷を始めとして、班員が和菓子に手を伸ばした。

16

籠城をしてから四日が経過した。

美波たちの通常の任務は、警護対象者にぴったりと寄り添い、いつ何時でもトラブルや襲撃に対応できるように警戒することだ。

反社会的勢力に狙われているにもかかわらず、無防備にあたりをうろちょろし、夜の街で泥酔(でいすい)して隙だらけになる警護対象者など、手を焼かされた事例は山ほどある。しかし、ひとつ屋根の下で警護対象者と数日も過ごすのは初めてだった。じっと動かずにいるのは思いのほか苦痛だ。

張り込みの経験は数えきれないほどある。ただし、獲物をじっと狙う捜査とは異なり、狙われるのを座して待つというのは精神的に疲労する。外を出歩かないため、かえって休息を取ろうにも眠れず、若い本田は寝不足と便秘に苦しんでいた。

交代制でモニターをチェックしているものの、画面は代わり映えがしなかった。雑木林に仕かけたトレイルカメラが、キツネなどの珍しい動物を捉えたことぐらいだ。

モニターを見続けていたせいで、目の疲労がひどかった。美波は目薬を差した。

大隅に声をかけられた。

「体力自慢のあんたらでも、けっこうきついだろう。待ち続けるってのは」

「四日となるとさすがに。外に飛び出して、思いきり野原を駆けまわりたいです」

彼は携帯端末でゲームをしたり、料理を振る舞ったりと、命を狙われている張本人にもかかわらず、もっともリラックスしているようだった。

美波はハンカチで目を拭った。

「さすがに慣れてますね」

「極道はインドアなライフスタイルだからな。抗争となれば事務所に立てこもらなきゃならんし、それこそ逮捕(パク)られたら、何週間も拘置所暮らしだ。おまわりさんには酷な状況かもな」

大隅は小さく笑った。

隠れ家の周辺で異変は見られず、静かな日々が過ぎている。とはいえ、油断できる状況ではなく、むしろキナ臭さが増していた。

二日前、東堂会の定例幹部会が銀座の本部で開かれた。幹部の奥西も参加しているが、彼に対する査問が行われたという話だ。

奥心会はただでさえ不祥事続きだ。六甲華岡組と対峙しなければならない非常時に、理事長の山根が覚せい剤と淫行で逮捕され、子分の大隅に面目(めんぼく)を潰された。

さらに奥西が過去に親殺しというタブーを犯したという噂が広まり、執行部から本格的に追及を受けたのだ。

組対四課の読みでは、幹部から若衆への降格がなされるものと予想された。だが、東堂会会長からの叱責(しっせき)で終わっている。稼ぎ頭である奥西に厳しい処分を下せば、六甲華岡組に鞍替え(くらが)されるかもしれないからだ。

ふたつの華岡組の間では、激しい引き抜き合戦が繰り広げられている。資金力を有する奥西に移籍されれば、華岡組の東京ブロック長である東堂会会長が面目を失う。寝業師である奥西は、現状を巧みに利用し、今の地位に踏み留まっていた。

幹部会では居並ぶ親分衆から、激しく問いつめられたようだが、奥西はうまく切り抜けたらしい。

――今や極道でもない男が流すガセネタに、いつまで惑わされているんです。大隅の顔の広さを知っているでしょう。六甲側とも親交があった。大隅は六甲側の意を汲んで、東堂会を引っ掻き回そうと暗躍している輩です。

平井殺しを六甲側の犯行に見せかけたときのように。大隅の告発をも六甲側の謀略だと主張してみせた。

奥西は査問をなんとか切り抜けているが、包囲網は確実に狭まりつつある。親殺しに関与したフィリピン人も来日し、大隅が千葉の郊外に匿っている――フィリピン人はあくまで偽者だったが。

美波は防犯カメラを睨み続けた。モニターを通じて、今が真夜中であるのを思い出した。腕時計に目を落とすと、針は夜十二時を指していた。

立てこもっている一軒家の窓は、すべて雨戸で閉じられ、トイレやキッチンに設けられた小窓には木板を打ちつけてある。日光がいっさい差しこまないため、電灯を二十四時間つけっぱなしにしている。

県道の傍に設置されたカメラの画像に目をやった。警官たちの待機所となる元食堂と県道を映し出している。車の行き来はほとんどなく、夜中の今は数十秒に一度、通りかかるぐらいだ。

一台のダンプカーが姿を現し、元食堂の前を通りがかった。美波は注視する。

ダンプカーの荷台は空っぽで、速度はだいぶ遅かった。交通量が少ない深夜では不自然な走行だ。

画面を見つめながら声をかけた。

「大隅さん」

大隅はあぐらをかいて携帯端末のゲームをしていた。

美波の様子から、外の異変に気づいたのか、彼は携帯端末をポケットにしまって立ち上がる。

「来やがったか」

美波は無線のマイクを摑むと、待機所に連絡を取った。

不審なダンプカーが接近中と伝えた。大隅が隣の茶の間に行き、仮眠中の本田や須郷を叩き起こす。

ダンプカーがスピードを上げた。タイヤのスキッド音が外から聞こえ、全員が目を見張った。

県道から外れ、一軒家へと続く側道に入るのを、トレイルカメラが映し出していた。

「奥へ」

美波は部下たちに仏間の奥へ移動するよう命じた。

「マジかよ」

本田らが跳(は)ね起きた。ダンプカーが轟音(ごうおん)とともに迫ってくる。茶の間にいた男たちが、一斉に仏間へと移動した。

美波は再びモニターに目をやった。玄関に取りつけられた防犯カメラが、ハイビームで迫ってくるダンプを捉えていた。ブロック塀をなぎ倒し、敷地内へと侵入してくる。

「伏せて！」

美波は頭を抱えて、うつ伏せの姿勢を取った。友成や本田たちが、大隅のうえに覆いかぶさる。

同時に腹にまで響くような衝撃が走った。地震のごとく激しく揺らぎ、座卓のうえのモニターが倒れて、美波の背中に落ちる。部屋の灯りが落ちかける。

顔を上げたが、目をなかなか開けられない。埃が舞い上がり、目にゴミが入る。班員たちが咳きこむ。

美波は伏せた姿勢で、自動拳銃のシグP230を抜き、茶の間に銃口を向けた。

班員らが仮眠部屋にしていた茶の間は、砲撃されたかのように大きく壊されていた。視界は埃で茶色く濁っており、目をうまく開けられない。しかし、梁(はり)や柱がへし折れ、布団は畳ごとめくれ上がっているのが見えた。ダンプカーは玄関をぶち破って、茶の間にまで侵入していた。

ダンプカーのフロントウィンドウは、蜘蛛(くも)の巣状にヒビが入っていた。茶の間の電灯は破壊され、ダンプカーのヘッドライトも砕け散っている。運転手の顔だけでなく、コックピットに何人乗っているのかもわからない。武装しているおそれがある。

美波は座卓を横倒しにして盾の代わりにし、身体を隠しつつ、大隅たちを手招きした。座卓の陰に身を潜めるように指示し、友成や本田らが呼応して大隅を移動させる。

美波が自動拳銃を真上に向けて威嚇(いかく)射撃をした。乾いた発砲音が鳴り、実弾が天井に穴を開けて埃が降り落ちる。

部下たちも自動拳銃を抜いた。座卓に隠れながら、ダンプカーに狙いをつけた。本田と友成が叫ぶ。

「おとなしく出て来い!」「ダンプから降りろ!」

ダンプカーから反応があった。

ギアをチェンジする作動音がし、バックブザーが鳴った。ダンプカーが後ろに下がり、ガリガリと嫌な音をたてて、一軒家から脱出しようとする。

「おい、こら!」

本田が追いかけようと身を乗り出した。

腕を伸ばして彼を制した。今すぐダンプカーの運転手を引きずり下ろしたいところだが、美波らの任務は大隅を守り抜くことにある。

ダンプカーはバックで一軒家から遠ざかり、再び県道へと戻った。

美波らは茶の間へと歩を進め、ダンプカーが開けた穴から外を覗いた。ダンプカーの前部は衝突によって、デコボコにへこみ、窓もライトも砕け、バンパーは外れかかっている。

にもかかわらず、県道を北へ走って逃亡を図った。元食堂の待機所にいた警官たちが、セダンやミニバンを飛ばし、パトランプを回転させて、ダンプカーを猛然（もうぜん）と追いかけた。夜空が赤く染まり、サイレンが鳴り響く。

複数の警察車両が後方にぴったりと張りつき、警官がスピーカーを通じて、ダンプカーに停止を命じていた。しかし、ダンプカーは止まる様子はなく、やがて警察車両とともに視界から消える。

本田が口を歪めた。

「クソ、ふざけた真似しやがって。もうちょっとで押し潰されるところだった」

「あの様子じゃ捕まるのは、時間の問題でしょうが……」

友成が呟いた。

美波は違和感を覚えつつ、自動拳銃をホルスターにしまった。恐るべき一撃ではあった。昨今のヤクザらしいやり方だ。

しかし、車両特攻ではターゲットの命は奪えない。あくまで暴力団がメンツを保つための手段だ。奥西の目的は、大隅の口を封じることにある。

「全員、ブーツを着用して。大隅さんも」

美波の命令に、班員たちが顔を引き締めた。

仏間の床の間には装備品が積まれてあった。銃器対策部隊が使用するチタン製の防弾シールドや刺又(さすまた)、出動服、人数分のマグライトなどだ。

また、周囲の田畑を走り回れるようにスニーカーとブーツの両方を用意してある。玄関は崩壊し、茶の間は木片やガラスの欠片(かけら)が散らばり、足の踏み場もないほどだ。

「本番はこれからってことか」

大隅が座卓に身を隠しながらブーツを履いた。

美波たちも仏間に戻ると、ブーツを着用して、倒れたモニターを起こした。ダンプカーの衝突のせいで、畳のうえに落下していた。

モニターそのものは壊れずに済んだが、電源が入っているにもかかわらず、画面は真っ暗でなにも映っていない。モニターとをつなぐケーブルが外れている。

ケーブルをつなぎ直すと、モニターの映像が復活した。美波たちは息を呑んだ。

防犯カメラやトレイルカメラは一軒家の敷地や公道の傍など、十二か所に仕かけていた。ダンプカーが衝突するまで、すべてのカメラがクリアに映像を映し出していた。

復活した今は二か所だけだった。県道の傍に設置されたトレイルカメラと、元食堂の近くの防犯カメラのみだ。一軒家の敷地内のものは、すべて機能不全に陥っていた。

「あれ？　接続がうまくいってねえのかな」

本田がケーブルに手を伸ばした。美波は手を振って否定した。

「敷地内のカメラが軒並み壊されてる」

再びホルスターからシグＰ２３０を抜いた。

班員もただならぬ事態に気づき、また自動拳銃を手にした。今井と須郷が、床の間の防弾シールドを摑む。

車両特攻は一種の陽動作戦だった。ダンプカーの派手な衝突と逃走に気を取られていた。元食堂で待機していた警官たちは、ダンプカーを追うのに必死だ。

美波は無線機のマイクを摑んだ。応援の警官たちを呼び戻さなければならない。

そのときだった。外でなにかが爆ぜる音がし、同時に電灯が消えた。モニターと無線機の電源も落ち、室内が深い闇に包まれる。何者かが電線を切断したようだった。

「うお！」

大隅や須郷が吠えた。室内は雨戸で閉めきっており、まったく視界が利かない。濃密な闇に支配される。

「落ち着いて」

美波は右手で自動拳銃を握りつつ、携帯端末を取り出した。

親指で電源を入れる。携帯端末のライトをつけて床の間を照らした。

「全員にマグライトを」

今井と須郷が人数分のマグライトを用意する。彼らの近くにいた本田と友成がマグライトを受け取る。

リレーのバトンのごとく、本田からマグライトを受け取った。隣の茶の間で物音がする。

「危ない！」

本田に突き飛ばされた。拳銃特有の乾いた発砲音が連続で鳴る。仏間を複数の銃弾が切り裂く。

美波はうつ伏せに倒れた。本田が畳のうえをのたうち回っていた。

「本田」

彼の襟を摑んで、座卓の陰に避難した。マグライトのスイッチを入れた。携帯端末よりも強い光量で、本田の身体を明るく照らした。

「だ、大丈夫っす……」

彼のワイシャツには穴が開いていた。

わき腹のあたりに弾丸が食いこみ、防弾ベストのケブラー繊維がほつれている。肉体を貫かれずには済んだ。だが、衝撃で肋骨を砕かれたかもしれない。痛みに強い若手だったが、わき腹を押さえたまま動けずにいる。

暗闇のなかで発砲音が続いた。須郷のうめき声が聞こえた。マグライトを向けると、脚を抱えてうずくまる須郷の巨体が見えた。大隅が床の間まで駆け、防弾シールドを抱えると須郷の盾になった。警護対象者が反対に警官を守っている。

仏間全体を確かめた。友成も被弾したらしく、腕を押さえてしゃがみこんでいる。今井が、自身と友成を銃弾の嵐から逃れさせようと、防弾シールドで懸命にふせいでいる。チタン製の防弾シールドに銃弾が当たり、白い火花が散る。

耳を聾するほどの轟音がし、座卓が派手に木片を散らした。陰に隠れていた美波や本田に木片が降りそそぐ。ショットガンと思しき銃声だった。襲撃犯は複数だ。狙い撃ちにされるのを避けるため、マグライトの灯りを消す。

室内は再び暗闇に包まれた。光といえば、ダンプカーで開けられた穴から、外の灯りが漏れてくる程度だ。耳鳴りがひどく、聴覚まで奪われようとしている。

美波の歯がガチガチと鳴った。全身が震える。本田のうえに覆いかぶさり、座卓に身を隠すことしかできない。襲撃犯たちは暗闇のなかでも正確に撃ってくる。恐怖が全身を縛めようとしている。

大隅が防弾シールドで身を守りながら、マグライトのスイッチを入れていた。白色のライトが光る。

「大隅さん！」

美波は声を張り上げた。

手を下に向けて、マグライトを消すように指示を出した。しかし、彼は首を横に振る。

「ありったけの光を浴びせろ。暗視スコープだ！」

大隅の言葉を瞬時に理解した。

マグライトのスイッチを再び入れ、座卓に身を隠しつつ、光を襲撃犯がいる茶の間へと向ける。

戦闘服に身を包んだふたりの男がいた。黒い目出し帽をかぶり、ヘッドギアをつけている。ふたりの両目は丸いレンズで覆われており、赤外線式の暗視スコープを装着しているとわかった。それぞれ自動拳銃とポンプ式の散弾銃を手にしている。

自動拳銃を持っている男は、半身になって両手で拳銃を握り、照星を睨んでいる。ウィーバースタンスと呼ばれる構え方だ。散弾銃の男も、ストックにぴったりと頬を密着させている。ともに撃ち慣れているとわかる。

大隅と美波が、マグライトで襲撃犯たちの顔を照らした。今井や友成も後に続き、襲撃犯にライトを浴びせる。

ふたりの襲撃犯が顔を背けた。派手に弾を撃ちまくっていたが、銃撃の勢いが落ちる。

美波は左手で襲撃犯を照らしつつ、右手でシグＰ２３０のトリガーを引いた。襲撃犯の太腿に向けて——頭や心臓を撃ち抜きたいという衝動を抑えながら。息の根を止めてはならない。

自動拳銃の男の脛と膝が弾けた。男は身体のバランスを崩し、茶の間の畳のうえに倒れこむ。

次は散弾銃の男に狙いを定めた。だが、すぐにしゃがんで座卓に身を隠す。轟音が鳴り響き、座卓に散弾によって穴が開き、胸に鈍い痛みを覚えた。粒状の散弾が、損傷の激しかった座卓を貫通し、美波の防弾ベストに食いこんだらしい。

散弾銃の男が立て続けに撃った。今井の防弾シールドが硬い音を立てる。

美波は自らを鼓舞し、再び座卓から顔を出すと、シグＰ２３０で狙いをつけた。

室内は白煙が立ちこめ、目にひどくしみた。火薬の臭いが充満している。

男は散弾銃を捨て、仏間の美波らへと駆け寄ってきた。俊敏な動きだ。右手にはシースナイフがある。

美波は脚を狙って撃った。弾が当たらない。男の狙いは大隅だ。

「大隅さん！」

男は美波の横を通り過ぎ、大隅の腹にナイフを突き立てようとした。

大隅は冷静だった。ナイフを防弾シールドでふせぎ、すかさず右手のマグライトで男の顎を突いた。

男は暗視スコープを着けたままで、マグライトの光で視覚を奪われたらしく、大隅の攻撃をもろに喰らった。男は頭を仰け反らせる。

さらに大隅は右のミドルキックを繰り出した。鍛錬を怠らなかった元キックボクサーの蹴りは健在で、木製のバットのような重たさと固さを感じさせた。蹴りをわき腹にくらった男は、たまらず片膝をつく。

美波は男の後頭部にシグＰ２３０を押しつけた。発砲によって銃身が熱を持っており、目出し帽の生地が焦げる。

「ナイフを捨てなさい」

男は諦めが悪かった。肩で息をしつつ、大隅の腹をなおも刺そうとする。

美波がシグのグリップで男の後頭部を殴りつけた。大隅が右膝を顎に叩きこんだ。男は畳のうえに這いつくばる。美波はナイフを手からもぎ取る。

今井が防弾シールドで身を護りつつ、倒れている自動拳銃の男に向かう。

大隅がＫＯした男の暗視スコープと目出し帽をはぎ取った。マグライトで顔を照らす。

「派手にドンパチした甲斐があった」

男の顔の下半分は、大隅の攻撃によって血にまみれていた。美波は訊いた。

「ご存じですか」

「荒川環境保全の若いやつだよ。奥西のところの企業舎弟だ」

大隅は不敵な笑みを浮かべた。

しかし、彼は目に涙を溜めてもいる。泣き笑いのような表情で男を見つめていた。

エピローグ

平日午後の成田空港は、比較的のんびりとした空気に包まれていた。第一ターミナルの四階へと向かう。

美波は本田と友成を連れ、コーヒーショップへと入った。セルフサービス式のカフェではなく、コーヒーショップといいながらも食事も提供するため、店内のスペースは広大で、座席もゆったりとしている。

ウェイトレスに案内されるまでもなく、窓際の席でコーヒーをすすっている大隅を見つけた。他の客がコートや厚手のセーターを着こんでいるなか、パーカーにスラックスという軽やかな恰好だ。

大隅はふたりの男となにやら話しこんでいた。友成が美波に耳打ちする。

「あの連中」

「うん」

ふたりはどちらも高級スーツを身に着け、あからさまに高そうな腕時計を巻いている。

　隣の席には図体の大きな男たちが四人いた。プレート入りの防弾カバンを脇に置いている。

　連中は暴力団員だった。六甲華岡組系の組長で、浅草に根を張る佐々部総業の佐々部敏(とし)男(お)と、彼の右腕である若頭の寺元宇一(てらもとういち)。隣にいる大男たちは彼らの護衛だ。

　護衛が美波らに気づき、佐々部に知らせた。佐々部は鬱陶しそうに口を曲げ、美波らをひと睨みしてから席を立った。

　ふたりは大隅に頭を下げ、コーヒーショップを後にした。美波らと出入口ですれ違うと、寺元や護衛たちが露骨に舌打ちした。

　大隅のいる席に向かい、彼に声をかけた。

「飛行機は第二ターミナルでしたよね」

「この店が好きでな。最近のカフェってのは、トレイを持って自分で運ばせるだろう。刑務所(ムショ)に服役しているようで、どうも好きになれないんだ」

　美波たちもコーヒーをオーダーした。大隅が上目遣いになった。

「訊かないのか？」

「さっきの暴力団員(マルB)たちですか。さしずめ、あなたがセブ島に飛んでしまう前に、なんとか現役復帰させようと説得しにきたってところでしょう」

「そのとおり。おれの動向が気になるだろう」

美波は軽く笑った。

「いえ、とくに。あの連中の渋い顔を見るかぎり察しがつきます。あなたは連中に無駄足を踏ませた。違いますか？」

彼はコーヒーをすすった。

「そんなところだ。六甲華岡組の幹部にするとか、関東ブロック長にするとか、その他もろもろの儲け話を持ちかけられたよ。おれはもうカタギで、親と慕うのは関東の大侠客、蔵田亮二郎だけだと啖呵を切ってやったさ。なかなか男前だろう」

「惚れ直しました」

「本音を言えば、極道なんぞに戻って、あんたらを敵に回すのが嫌なだけなんだけどな」

美波と大隅は笑い合った。

印西市での戦いから約一か月半が経った。ダンプカーによる車両特攻と、暗視スコープと銃器で武装した二人組のヒットマンと、暗闇のなかで死闘を繰り広げた。

防弾シールドといった装備品を用意していたとはいえ、死亡者が出なかったのは奇跡としか言いようがなかった。本田が肋骨を折り、友成や須郷も腕と太腿に被弾した。大隅が格闘技の腕を磨き続けていなければ、ヒットマンの餌食になっていたかもしれない。土壇場の戦闘だった。

ヒットマンのひとりは荒川環境保全の社員で、山賀智和という二十代の若者だった。元自衛官という腕を買われ、奥心会系の右翼団体が抱える北海道のキャンプ地で、ひたすら殺しの腕を磨いた筋金入りだ。

自動拳銃で襲ってきたのは、劉祥林（リウ・シャンリン）なる中国人留学生だ。留学生とは名ばかりで、人民解放軍の陸軍にいた経験があった。特殊部隊にもいた暴力のプロで、荒川環境保全から高額な報酬と引き換えに、平井と大隅殺害を依頼されたことを自供した。

ダンプカーで突っこんだのは、アルコール依存症のホームレスだ。小さな建設会社の元社長で、埼玉の荒川の河川敷でテント生活を送っていたところ、山賀らに拾われて犯行に加わった。

警視庁は、荒川環境保全の社長の大石照美（てるみ）を殺人教唆（きょうさ）の容疑で逮捕した。

大石は頑なに犯行を全面否定したが、彼の主張を切り崩したのは、捜査員の粘り強い捜査と、大隅の執念の調査だった。

一連の事件の背景には、九年前の蔵田の客死と、その真相を暴こうとした大隅の戦いがあった。

大隅からすべての調査資料を譲り受けた捜査一課の沢木は、蔵田の殺害に関与した本物のフェルナンド・レジェスから証言を引き出している。

大石がいくら犯行を否認しようとも、奥西につながる証言や証拠は着々と集まった。覚せい剤の所持等で拘置されていた山根も、しばらくは蔵田殺しの犯行を認めなかった。しかし、平井の死が口封じのための謀殺と知り、自分も奥西から消される立場であったとわかると、奥西と共謀して蔵田殺しに関わったことを自供した。大隅殺害の失敗は、奥心会の瓦解につながった。侠客で知られた蔵田を謀殺するような卑劣な男を、親分として担ぐことはできないとして、同会の構成員たちの口も軽くなった。

奥西の命を受けて、荒川環境保全に銃器を提供したと自白する幹部も現れ、ついに奥西に逮捕状を突きつけたのが三日前のことだ。

——勝負は終わっとらん！

奥西は、うだつの上がらない中小企業の経営者を演じていたが、連行されたさいは手錠を引きちぎらんばかりに吠えたという。浅草署に勾留された彼は、現在のところ完全黙秘を貫いている。

奥西逮捕の報を受け、上部団体の東堂会は彼を絶縁処分にした。最大のタブーである親殺しを図ったばかりか、内部抗争を利用して、平井という身内を殺害したという理由からだ。奥心会は解散となり、構成員をめぐって、五代目華岡組と六甲華岡組の双方が熾烈なヘッドハンティングを繰り広げている。

奥西が外道中の外道として指弾される一方、九年もの月日をかけ、蔵田の死の真相を調べ上げた大隅は一転して英雄視された。親殺しの不忠者を追いつめた真の極道として、週刊誌などで取り上げられた。

　絶縁されたヤクザは二度と業界には戻れない。それがヤクザ社会の掟ではあるが、六甲華岡組のトップや最高幹部たちも五代目側から絶縁された身であり、五代目側に処分されたヤクザが六甲側に次々と拾われているのが実態だ。六甲側は、英雄となった大隅を自陣に取りこもうと躍起になっていた。

　だが、大隅はもうヤクザ社会に興味を抱いていないようだ。ふたつの華岡組の争いにも関心はなく、セブ島でしばらく休むと宣言した。

　美波はテーブルに目を落とした。セブ島行きのチケットが置かれてある。

「セブ島にはいつまで？」

「おれにもわからねえ。一週間で飽きるかもしれねえし、一年ぐらい居続けるかもしれねえ。なにしろ現地の言葉まで覚えちまったくらいだしな。あそこはもう第二の故郷だよ。死ぬような思いもたっぷりしたし、ふるさとでゆっくり休ませてもらう」

　本田が口を尖らせた。

「いいなあ。おれたちなんか、たとえ行けても二泊三日の格安ツアーだ」

　大隅は本田を指さした。

「警察(ポリ)なんか辞めちまえばいい。プロレスラーになりたかったんだろう。知人にある団体のタニマチがいる。なんだったら紹介するぜ。とっとと有名になって、長州力(ちょうしゅうりき)みてえに南国でキャンプでもすりゃいい」

　本田が顎に手をあてて考えこんだ。

「……悪くないっすね」

「本気にするやつがあるか」

　友成が肘で突いた。美波は微笑んだ。

「相変わらず抜け目がない」

「そうさ。そのおかげで生き延びられた」

　大隅は鼻で笑い、窓に目をやった。

　悪戯小僧のように目を輝かせているものの、その横顔には翳(かげ)りが見える。

　美波はコーヒーを口にしながら思った。彼はこの先どう生きるのだろうかと。

　約九年もの歳月を費やし、親分を殺した黒幕を追いつめ続けた。奥西の子分となりつつ、セブ島に何度も足を運んだ。証拠集めに励み、警視庁をも巻き込み、ついには奥心会に戦いを挑んだ。

　彼は過去にこう言っていた。

　——同じ釜のメシを食った仲だ。手のうちはよくわかってる。奥西も蔵田亮二郎の血を引いた博奕打ちで、本質は戦国武将も真っ青のイケイケだよ。

　奥西も大隅も、まさに大勝負を好む博奕打ちだった。奥西は自分の野望に従って、跡目を親から奪い取るために、強引なイカサマ勝負に出た。大隅はイカサマを暴くために巨費を投じ、命をも投げ出して、奥西の尻尾を摑んだ。

大勝負の決着がつき、大隅の目的は果たされてしまった。セブ島の滞在期間を明言しないのは、本当に自分でもわからないからだろう。

博奕打ちとしての血が騒ぎ、すぐに帰国して新たな目的に向かって突っ走るかもしれない。あるいはセブ島に留まり、ずっと引退生活を送るかもしれない。

どちらにしても、幸福な生き方を選んでほしい。それが片桐班の総意だ。大隅は警護対象者というより、戦友に近い存在だった。

大隅が腕時計を見やった。

「そろそろ行かせてもらうよ」

「フライトまで二時間半以上はありますが」

「この店でダラダラ過ごすのも悪くないが、なかのラウンジが贅沢でな。ワインからブランデーまでタダ酒にありつける。呑兵衛のおれにとっては天国みたいなところさ。それに、あんたらは相変わらず大忙しだろう」

美波はうなずいた。

「抗争自体は始まったばかりですから」

奥心会は解散に追い込まれた。上部団体の東堂会や五代目華岡組は少なからぬ損害を受け、対立している六甲華岡組が勢いづいている。

現在の片桐班はその六甲側の資金源を叩くべく、中核組織の西勘組の企業舎弟だった男を警護している。AVプロダクションの社長である亀山裕太郎だ。

当局から睨まれ、ヤクザにカネを吸い上げられる現状に耐えきれなくなり、亀山は暴力団とのつながりを断ちたいと警視庁に訴え出た。

西勘組からの嫌がらせや暴力を警戒し、再び亀山の警護にあたっている。今は今井と別の身辺警戒員が張りついている。華岡組の分裂抗争が収束しないかぎり、激務は続きそうだった。

美波は手を差し出した。

「旅の無事を祈ってます」

「あんたらも。達者でな」

大隅と固い握手を交わした。

コーヒーショップを出たところで別れた。大隅はトートバッグを抱え、振り向きもせずに歩き去った。

駐車場へと向かう途中、携帯端末が震えた。塔子からだった。

〈任務中だった？　班長さん〉

「成田空港でサボってた」

〈成田？〉

大隅が日本を離れ、しばらくセブ島で過ごす予定だと伝えた。同時に生きる目標を失ってしまったように見えたことも。

〈まあ、あれだけの仕事をやり終えたら、燃え尽きたとしてもおかしくはないでしょう。充電期間が必要ね。奥西の裁判が始まったら、証言してもらわなきゃいけないし〉

奥西のヤクザ生命は絶たれたも同然だった。

かりに裁判で無罪を勝ち取ったとしても、ヤクザ社会が彼を許すとは思えない。関東には蔵田のシンパが多く、抗争を利用して身内を謀殺した罪も重い。ふたつの華岡組を始めとして、日本中の極道を敵に回している。

むろん、警視庁は奥西を無罪放免にするわけにはいかない。塔子がいる捜査本部は、今日も証拠固めに動いている。

「そっちはまだまだ忙しそうね」

〈当分はね。だけど、この事件（ヤマ）が片づいたら、もんじゃでも食べない？〉

美波は目を見開いた。

昨年の冬に起きた連続殺人事件が解決した後、美波は彼女を誘ったものの、あっさり断られていた。

「いいわ。楽しみにしてる」

約束を交わして電話を切った。

成田空港の立体駐車場に出た。季節は真冬になり、乾(かわ)いた冬風が吹きつけてきた。

だが、寒さは感じなかった。戦友たちと交わした約束が、心を熱くさせている。

美波は気合を入れ直し、警察車両のミニバンに乗りこんだ。

参考資料

『警視庁科学捜査最前線』今井良（新潮新書）
『マル暴捜査』今井良（新潮新書）
『警視庁捜査一課殺人班』毛利文彦（角川文庫）

アクション協力　田村装備開発株式会社

（この作品は、『小説ＮＯＮ』（小社刊）二〇一七年十一月号から二〇一九年五月号に連載され、著者が刊行に際し加筆・修正したものです。また本書はフィクションであり、登場する人物、および団体名は、実在するものといっさい関係ありません）

一〇〇字書評

切り取り線

購買動機（新聞、雑誌名を記入するか、あるいは○をつけてください）	
□（　　　　　　　　　　）の広告を見て	
□（　　　　　　　　　　）の書評を見て	
□ 知人のすすめで	□ タイトルに惹かれて
□ カバーが良かったから	□ 内容が面白そうだから
□ 好きな作家だから	□ 好きな分野の本だから
・最近、最も感銘を受けた作品名をお書き下さい	
・あなたのお好きな作家名をお書き下さい	
・その他、ご要望がありましたらお書き下さい	

住所	〒				
氏名		職業		年齢	
Eメール	※携帯には配信できません	新刊情報等のメール配信を 希望する・しない			

この本の感想を、編集部までお寄せいただけたらありがたく存じます。今後の企画の参考にさせていただきます。Eメールでも結構です。

いただいた「一〇〇字書評」は、新聞・雑誌等に紹介させていただくことがあります。その場合はお礼として特製図書カードを差し上げます。

前ページの原稿用紙に書評をお書きの上、切り取り、左記までお送り下さい。宛先の住所は不要です。

なお、ご記入いただいたお名前、ご住所等は、書評紹介の事前了解、謝礼のお届けのためだけに利用し、そのほかの目的のために利用することはありません。

〒一〇一‐八七〇一
祥伝社文庫編集長　坂口芳和
電話　〇三（三二六五）二〇八〇

祥伝社ホームページの「ブックレビュー」からも、書き込めます。

www.shodensha.co.jp/
bookreview/

祥伝社文庫

P　O（プロテクションオフィサー）　守護神（しゅごしん）の槍（やり）
警視庁（けいしちょう）身辺警戒員（しんぺんけいかいいん）・片桐美波（かたぎりみなみ）

令和元年9月20日　初版第1刷発行

著　者　深町秋生（ふかまちあきお）
発行者　辻　浩明
発行所　祥伝社（しょうでんしゃ）
東京都千代田区神田神保町3-3
〒101-8701
電話　03（3265）2081（販売部）
電話　03（3265）2080（編集部）
電話　03（3265）3622（業務部）
www.shodensha.co.jp/
印刷所　萩原印刷
製本所　積信堂
カバーフォーマットデザイン　芥　陽子

Printed in Japan ©2019, Akio Fukamachi　ISBN978-4-396-34559-4 C0193

祥伝社文庫の好評既刊

深町秋生　PO（プロテクションオフィサー）　警視庁組対（そたい）三課・片桐美波（かたぎりみなみ）

連続強盗殺傷事件発生、暴力団関係者が死亡した。POの美波は一命を取りとめた布施（ふせ）の警護にあたるが……。

安東能明　限界捜査

人の砂漠と化した巨大団地で消息を絶った少女。赤羽中央署生活安全課の疋田務（ひきたつとむ）は懸命な捜査を続けるが……。

安東能明　侵食捜査

入水自殺と思われた女子短大生の遺体。彼女の胸には謎の文様が刻まれていた。疋田は美容整形外科の暗部に迫る――。

伊坂幸太郎　陽気なギャングが地球を回す

史上最強の天才強盗四人組大奮戦！映画化され話題を呼んだロマンチック・エンターテインメント。

伊坂幸太郎　陽気なギャングの日常と襲撃

華麗な銀行襲撃の裏に、なぜか「社長令嬢誘拐」が連鎖――天才強盗四人組が巻き込まれた四つの奇妙な事件。

伊坂幸太郎　陽気なギャングは三つ数えろ

天才スリ・久遠はハイエナ記者火尻にその正体を気づかれてしまう。天才強盗四人組に最凶最悪のピンチ！

祥伝社文庫の好評既刊

一田和樹
サイバー戦争の犬たち
裏稼業を営む尚樹。ある朝、何者かによってハッカーに仕立てられていた！ 焦った尚樹は反撃に乗り出すが……。

宇佐美まこと
愚者の毒
緑深い武蔵野、灰色の廃坑集落で仕組まれた陰惨な殺し……。ラスト1行まで震えが止まらない、衝撃のミステリ。

浦賀和宏
緋い猫
殺人犯と疑われ、失踪した恋人を追って彼の故郷を訪ねた洋子。そこにはあまりにも残酷で、衝撃の結末が……。

浦賀和宏
ハーフウェイ・ハウスの殺人
『ハウス』に囲われる少女と行方不明の妹を探す兄。引き裂かれたふたつの世界の果てに待つ真実とは……？

香納諒一
アウトロー
殺人屋、泥棒、ヤクザ……切なくて胸を打つはぐれ者たちの出会いと別れ、そして夢。心揺さぶる傑作集。

香納諒一
血の冠
警察OB越沼が殺された。二十六年前の迷宮入り事件と同じ手口で。心の疵と正義の裏に澱む汚濁を描く傑作。